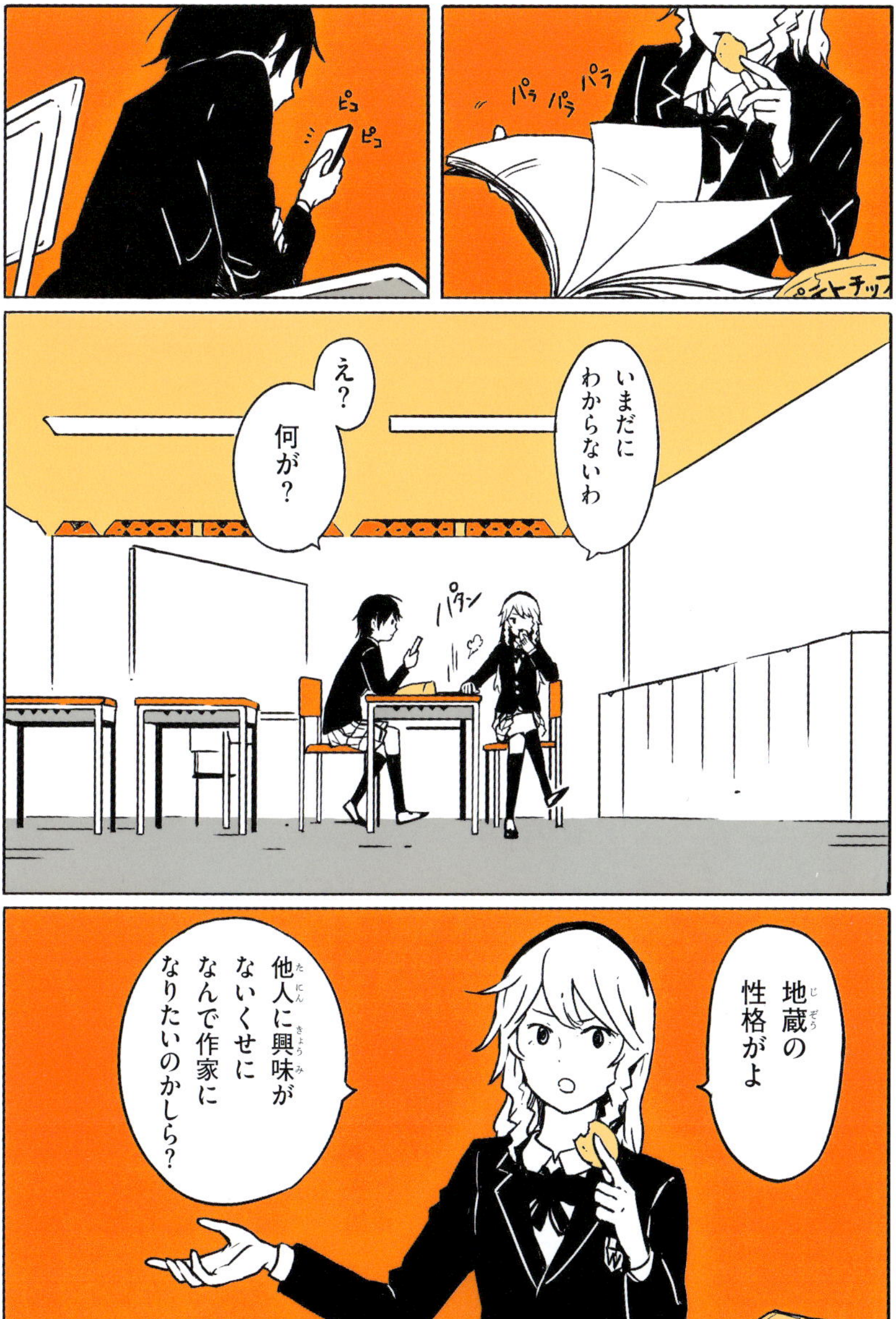
パラ
パラ
パラ
ピコ
ピコ
いまだにわからないわ
え？何が？
パタン
地蔵《じぞう》の性格がよ
他人《たにん》に興味《きょうみ》がないくせになんで作家になりたいのかしら？

たしかに意外だよね
でも無表情なだけで、本当は興味あるのかも…
あんなにドライな性格なのに？
みんながエリカみたいにわかりやすい性格じゃないから
それ、私《わたし》が単純《たんじゅん》ってこと？
はっ
まぁまぁ二人《ふたり》とも
たしかに隆也《たかや》は無口で何を考えてんのかわからないことも多いよ
でしょ？
けどさ、考えたことをベラベラ話す隆也は嫌《いや》じゃない？

なる　ほど。カン
トは、人間の認識能力には、
感性と悟性の二種　類
の形式がアプリオリにそなわっ
ている、と考えたわけだよ。
ほお、　面白い。
分けるならば
感性には、純粋直観である空間と時
間が、悟　性には因果性などの
12種類　の純粋悟性概念
が含まれる…。
ポツ
ボッ
うざい…
……
えっ、何を想像したの？
隆也って意外とロマンチストだし優《やさ》しいと思うけどな
本当に困《こま》ってる人は、必ず助けるし
ヨーシ
ないないない！それはないわ！
ブン
さすがにそれは…
そうかな？
二人とも、隆也のことをもっとよく見てみなよ

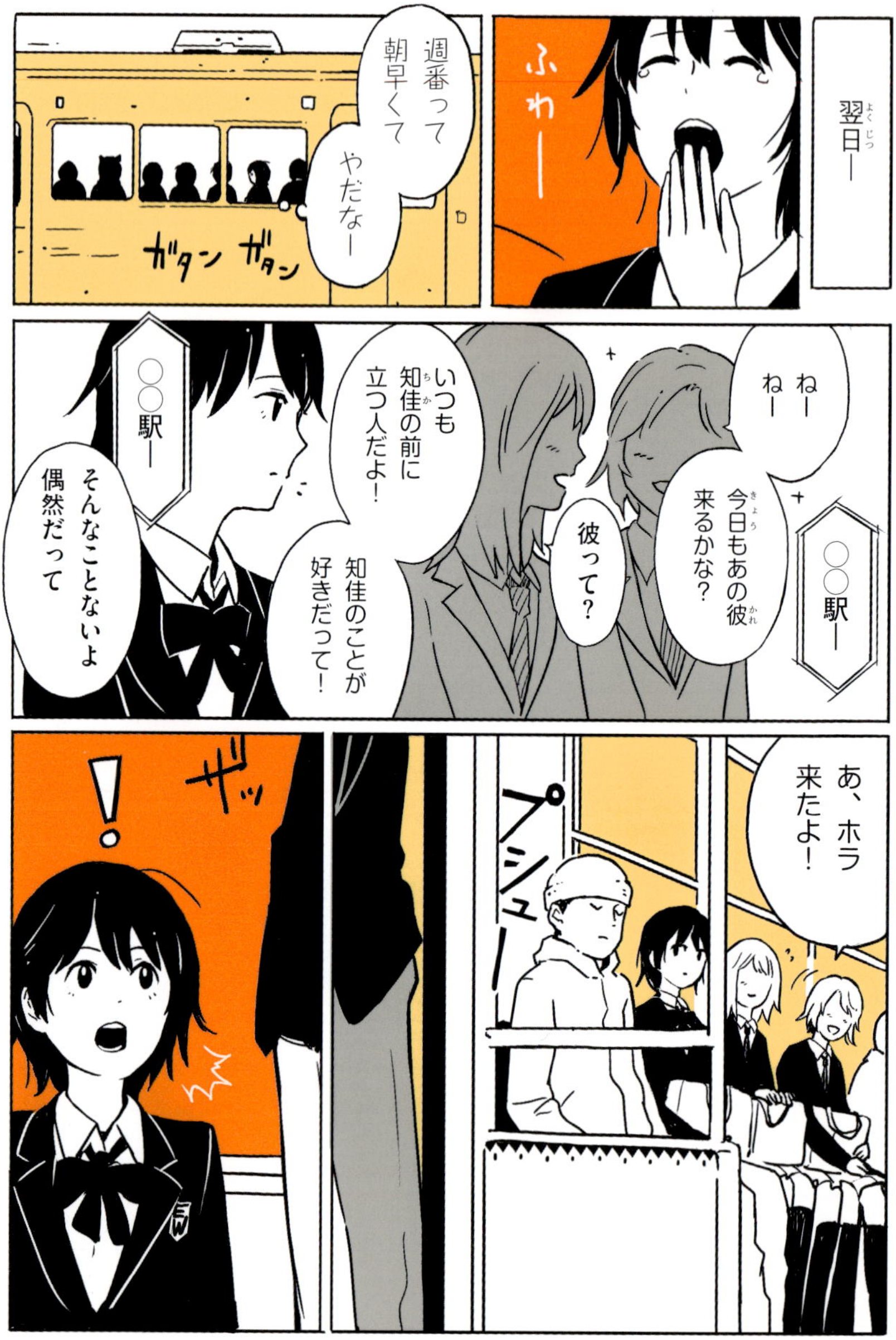
翌日《よくじつ》ー
ふわー
週番って朝早くて
やだなー
ガタン ガタン
○○駅ー
ねーねー
今日《きょう》もあの彼《かれ》来るかな?
彼って?
いつも知佳《ちか》の前に立つ人だよ!
知佳のことが好きだって!
○○駅ー
そんなことないよ偶然だって
あ、ホラ来たよ!
プシュー
ザッ
!

隆也くん!?
二人とも、隆也のことをもっとよく見てみなよ
隆也くんまさか
ざわ
ざわ
この娘《こ》のことが好きなの!?
椿女学園前《つばきじょがくえんまえ》──
椿女学園前──
キキー
やっぱそうだよー
キャ
キャ

ドサ
相田美樹《あいだみき》
早いな
へ？
あ
おはよう
私に気づいてたんだ…
ガタン ゴトン
ガタン ゴトン ガタン ゴトン ガタン ゴトン ガタン ゴトン ガタン
….
ねぇ
隆也くん
いつも
あの女の子の前に
立ってるの？
ピク
…
ああ

まさか隆也くん…
本当にあの娘のことを？ でも…
椿女学園の生徒の前に立っていれば
確実に座《すわ》れるからな
○○駅ー
……
○○駅ー
あっ
プシュー
！
すっ
いつもありがとうね
えっ？

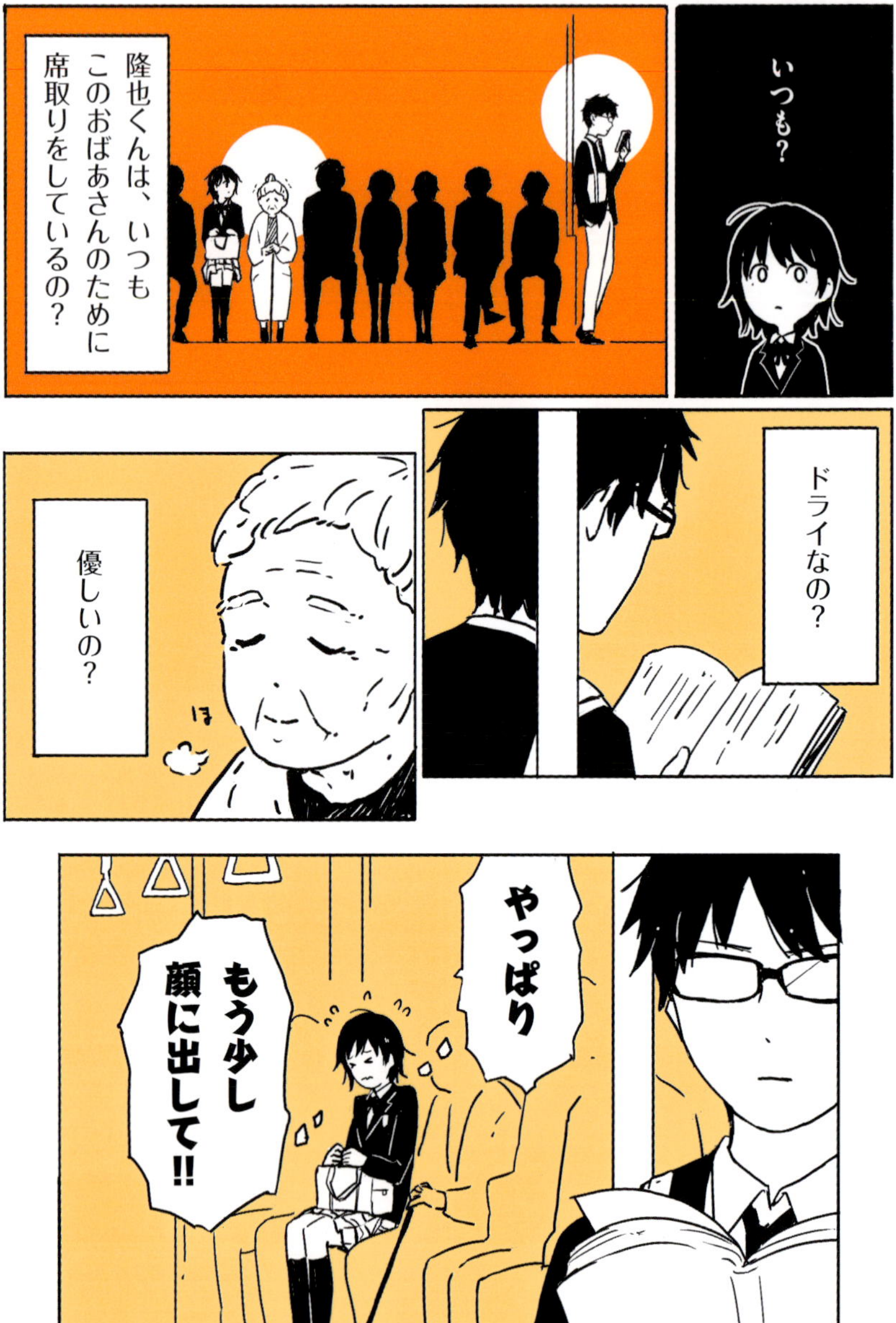

いつも？
隆也くんは、いつも
このおばあさんのために
席取りをしているの？
ドライなの？
優しいの？
ほ
やっぱり
もう少し
顔に出して!!

「悩み部」の平和と、その限界。

麻希一樹 著　usi 絵

Gakken

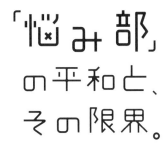

目次

contents

- ブックデザイン　小酒井祥悟、眞下拓人、横山佳穂（Siun）
- 編集・構成　桃戸ハル
- 編集協力　高木直子
- DTP　(株) 四国写研

ラブレターの代筆《だいひつ》

6階建《かいだ》て校舎《こうしゃ》、最上階の一番奥《おく》。ふだんは取り立てて人が通ることもない場所に、その部屋《へや》はあった。

木製の古い扉《とびら》の横には、屋内《おくない》だというのに、郵便《ゆうびん》受けがすえつけられている。ほかの教室のように、印字されたプレートはない。代わりに、その部屋には手書きの看板《かんばん》が掲《かか》げられていた。妙《みょう》に達筆《たっぴつ》な字で書かれた、その名称は、「悩《なや》み解決部《かいけつぶ》同好会」。

その室内には今、4人の部員が集まっていた。

「……私《わたし》たちは迫害《はくがい》されているわ」

机《つくえ》の上で手を組み、その上に形の良いあごを乗せた藤堂《とうどう》エリカが神妙《しんみょう》な面持《おもも》ちでつぶやく。

物騒《ぶっそう》な単語の出現《しゅつげん》に驚《おどろ》き、相田美樹《あいだみき》は宿題の数学を解《と》いていた手を止めた。見ると、武内要《たけうちかなめ》がヒマつぶしにやっていたトランプタワーの建設を中断し、いつもお地蔵様《じぞうさま》のように無口《むくち》で感情表現に乏《とぼ》しい大河内隆也《おおこうちたかや》までもが、読んでいた本から顔を上げ、エリカのほうを向いている。

「迫害って……いじめられてるの？　エリカが？」

美樹は自分で言っておきながら、自分のセリフに猛烈《もうれつ》な違和感《いわかん》を覚えずにいられなかった。

だが、エリカは大真面目《おおまじめ》にうなずいて答えた。

「正確には、迫害されてるのは『私たち悩み解決部』よ。だって、私たちはこの学校のために日夜努力を惜《お》しまず、悩み解決に奔走《ほんそう》してるのに、こーんな隅《すみ》っこにある物置《ものおき》しか部室に使わせてもらえないなんて、おかしくない？　せめて、エアコンくらいつけてくれたっていいじゃない！　エアコンなしじゃ、これからの季節、暑くてやってられないのよ！」

「……エリカ、迫害だなんて大仰《おおぎょう》なことを言っておいて、本音は単に暑いのが嫌《いや》なだけ？」

「…………………」

エリカが気まずそうにフイッと目をそらす。そんな親友の姿《すがた》に、美樹は苦笑《くしょう》した。

エリカの気持ちもわかる。西向きについた部室の窓《まど》は、冬はポカポカした日が射《さ》しこんできていいけれど、夏は灼熱地獄《しゃくねつじごく》と化し、座《すわ》っているだけでぐっしょり汗《あせ》をかくほど暑いのだ。

「別にエアコンくらい自分で買うわよ。だけど去年、エアコンの取りつけ工事を自分のお金でやろうとしたら、樽《たる》に見つかって、ものすごい叱《しか》られたのよ」

「エリカ……学校の設備を勝手にいじったら、小畑《おばた》先生じゃなくたって、ふつう怒《おこ》るよ」

「それじゃあ、私たちは今年の夏、どうしたらいいのよ？　このまま、みんなで仲良く蒸《む》し焼《や》きになるつもり？」

「仲良く、か……藤堂エリカ、お前は『仲良く』の意味を正しく理解しているのか？」

隆也が無表情な顔をエリカに向け、つぶやく。

「俺《おれ》は、お前に辞書を引くことを強く勧《すす》める」

「地蔵、それはどういう意味？　私は、あなたの言葉を理解するための翻訳機《ほんやくき》が欲《ほ》しいわ」

エリカがムッとした顔で応じる。室内に、なんとも居心地《いごこち》の悪い空気が流れた。美樹は困《こま》って眉尻《まゆじり》を下げ、要は興味深そうに2人を観察している。

そのときだった。部室の扉が不意にノックされ、部屋を満たしていた緊張感《きんちょうかん》がふっつりと消えた。

「誰《だれ》？　悩みの相談？　地蔵、さっきの言葉の意味、あとでゆっくり聞くから」

エリカが口早に告げ、席を立つ。たとえ取りこみ中であっても、こうして誰かが部室を訪《たず》ねてきた場合、エリカは必ず自分で扉を開けに行く。いろいろと問題の多い性格だと思われがちなエリカだが、美樹は、彼女《かのじょ》のこういうところが好きだった。エリカは悩み解決部の部長として、いつも彼女なりに真剣《しんけん》に「悩み相談」を請《う》け負《お》っているのだ。

けれど、その日はいつもと様子が違った。扉を開けた途端《とたん》、再《ふたた》びその扉を閉《し》めようとするエリカを見て、美樹はびっくりした。

「エリカ、どうしたの？」

聞いても、エリカは答えてくれない。美樹は立ち上がり、扉に近づいた。そこには、ドアノブを廊下側《ろうかがわ》から握《にぎ》りしめ、扉を閉められないように必死で抵抗《ていこう》している男子生徒がいた。彼の顔に、美樹は見覚えがあった。同時に、エリカが嫌そうな態度を取る理由も理解できた。

キリッとした顔立ちに、小麦色《こむぎいろ》に焼けた肌《はだ》と、毛先をツンツンにカットした短髪《たんぱつ》。いかにもスポーツマンらしい容貌《ようぼう》の彼は、陸上部の2年生、加藤智明《かとうともあき》だった。棒高跳《ぼうたかと》びの選手で、以前、廊下の使用権を賭《か》けて自分たち悩み解決部と陸上部が勝負をしたときには、「荷物」役に選ばれていた。

「部室の前の廊下を、またトレーニングで使いたいって言うんじゃないでしょうね？　ここのところ、晴れの日が続いているんだから、陸上部は外で――」

「藤堂、陸上部は関係ない。今日は悩み部に相談があって来たんだ！」

エリカの発言をさえぎり、智明がドアノブをつかむ手にいっそう力を込《こ》めて引っ張る。緊張《きんちょう》しているのか、その表情はこわばって見えるが、どうやら本気のようだ。その気持ちはエリカにも伝わったらしい。

「私たちに相談ね……わかったわ。そういうことなら、中に入って。話を聞きましょう」

まだ少し警戒《けいかい》しているエリカが、渋々《しぶしぶ》扉《とびら》から手を離《はな》し、智明を中に招《まね》き入《い》れる。ただ、こんなときでも、彼女はきっちり釘《くぎ》を刺《さ》すのを忘《わす》れなかった。

「私たちを頼《たよ》ってくれるのはいいけど、一つ気をつけて。私たちは悩み部じゃなくて、悩み解決部だから！」

「お前たち、クライアントの秘密《ひみつ》は絶対に守るんだよな？　今からする相談は誰にも言うなよ」

美樹たちに囲《かこ》まれ、部室のイスに腰掛《こしか》けるなり、智明は開口一番、きつい口調《くちょう》で念《ねん》を押してきた。エリカは、彼の疑《うたぐ》り深い態度《たいど》にムッとしたようだったが、それでも無言でうなずく。智明はそこでようやく心が決まったのか、悩み解決部の面々を見回し、堅《かた》い声で告げた。

「実は俺、好きな人がいるんだ……」

「へー、そう。良かったわね、好きな人ができて。青春ね。で、何が悩みなの？」

恋愛《れんあい》ごとにまったく興味のないエリカが、棒読《ぼうよ》み口調で先をうながす。今までのエリカなら、きっと「恋愛に関するグチなら、よそでやって！」と一蹴《いっしゅう》していたことだろう。聞く耳を持つようになっただけ、大進歩だ。美樹は、親友の小さな成長に対してほほえましい気持ちになった。だけど、続く智明の告白に驚《おどろ》いて、せっかくの笑みも引っ込んでしまった。

「俺が好きなのは、その……お母さんなんだ」

「え？　お母さんが好き……って、どういう意味で？」

どう転んでも複雑《ふくざつ》そうな家庭の事情を察《さっ》して、エリカがめずらしく動揺《どうよう》する。部屋の隅《すみ》で読書を再開していた隆也が無言でこちらを向き、要の顔からいつもの笑みが消えた。美樹も一瞬《いっしゅん》、唖然《あぜん》としたが、すぐその誤解《ごかい》に気づいて口を開いた。

「もしかして、加藤くんの好きな『お母さん』って、頼子《よりこ》のこと？」

「そう、D組の高殿《たかどの》さんだよ」

複雑な家庭の事情ではないとわかって、美樹もエリカもホッとした。その横で、一人だけ事情の飲み込めていない要が、「頼子って誰？」と小声で聞いてきた。帰国子女の要は、2年になってから永和学園《えいわがくえん》に転校してきた。頼子のことを知らなくても、おかしくはない。

「頼子は、去年私たちと同じクラスだった子で、家事全般《ぜんぱん》が得意なんだよ」

そう言って、美樹は要のために説明を続けた。

頼子は去年の文化祭でも、美樹たちのクラスがやったカフェでお菓子《かし》のレシピを考案したり、お菓子作りの指揮《しき》を執《と》ったりしてくれた。その面倒見《めんどうみ》のよい性格と、穏《おだ》やかで温かな雰囲気《ふんいき》のおかげで、彼女はみんなから親しみをこめて「お母さん」と呼《よ》ばれているのだ。

「高殿さんって、正直あまり目立つタイプじゃないだろ？　俺の中でも、今まで気になる存在《そんざい》じゃなかったんだけど……」

美樹の説明を嬉《うれ》しそうに聞いていた智明が、フッとため息をつく。どうやら、何か深い事情があるらしい。悩み解決部の面々が見守る中、智明は、頼子との間にあった出来事について、静かに語り始めた。

それは、今から2週間ほど前のこと。

智明は棒高跳《ぼうたかと》びの練習中に転倒《てんとう》し、軽い打撲《だぼく》をしてしまった。1年の春休みから身長が急激《きゅうげき》に伸《の》び、体《からだ》のバランスが崩《くず》れたせいもあったかもしれない。しかし、それ以上に、早く自己記録を更新《こうしん》したいと焦《あせ》っていたせいで、注意が散漫《さんまん》になっていた。

幸《さいわ》い、ケガはたいしたことなかったが、そのあとの練習がどうしてもうまくいかなかった。智明は、今まで軽々と跳《と》べていた高さの棒にさえ、引っかかるようになってしまった。そして、跳ぼうとして焦《あせ》れば焦るほど体が空回《からまわ》りして、何度も棒を落とすことが続いた。そんな自分を見かねたのか、顧問《こもん》の渡辺《わたなべ》に「今日《きょう》はもう上がれ」と言われてしまった。

来週の記録会に備《そな》え、最後まで練習を続けたかった。けれど、反論の余地《よち》を許《ゆる》さぬ恐《こわ》い顔で渡辺ににらまれ、智明は仕方《しかた》なく引き下がった。ただ、このままではイライラして帰れない。智明は頭を冷やすため、校庭の隅にある水道で顔を洗おうとした――が、蛇口《じゃぐち》が壊《こわ》れていたのか、急に飛び出してきた水を全身に浴《あ》び、ビショビショに濡《ぬ》れてしまった。

踏《ふ》んだり蹴《け》ったりとは、まさにこのこと。文字通り、頭どころか、全身を冷やすことになった智明は、湧《わ》き上《あ》がってくる理不尽《りふじん》な腹立《はらだ》ちをどうしていいかわからず、「クソッ!」と叫《さけ》んで、そばにあったバケツを蹴飛《けと》ばした。

そのとき、不意に後ろからタオルを差し出された。頼子だった。陸上部の友人に忘《わす》れ物《もの》を渡《わた》した帰り道、びしょ濡《ぬ》れになった智明の姿《すがた》を見てしまい、放っておけなくなったらしい。

頼子は「まだ寒いんだから、そんな格好《かっこう》でいたら、風邪《かぜ》を引いちゃうよ」と優《やさ》しく言って、タオルを貸《か》してくれた。彼女は、智明が棒高跳びで繰《く》り返《かえ》し失敗していたところも見ていたのだろう。「何をやってもうまくいかないときには、何か甘《あま》いものを食べて、早く寝《ね》るに限《かぎ》るよ」と無邪気《むじゃき》に笑いかけてきた。

頼子が親切でそう言ってくれたのはわかる。しかし、そのセリフを聞いた瞬間《しゅんかん》、智明の中で何かがブチッと切れた。

「陸上のこと知らないくせに、簡単《かんたん》に言うなよ！　食べて寝るだけで記録が伸びるなら、誰がトレーニングなんてするか！」

自分が続けて何を言ったのか、智明はよく覚えていない。ただ、下を向いて黙《だま》りこんでしまった頼子の横顔は鮮明《せんめい》に記憶《きおく》している。

無関係な女子に八《や》つ当《あ》たりをしてしまった……。我《われ》に返《かえ》った智明は、あわてて頼子に謝《あやま》ったが、結局その日は気まずい雰囲気《ふんいき》のまま、彼女と別れた。

その翌日《よくじつ》のこと。休み時間に廊下を歩いていた智明は、頼子に呼び止められた。昨日《きのう》のことで何か文句を言われるのだろうと予想し、身構《みがま》えた。そんな智明の前に、頼子はかわいくラッピングされた袋《ふくろ》を笑顔で差し出してきた。

「これ、私が作ったマフィンなんだけど、もしよかったら練習が始まる前にでも食べてみて」

頼子はそう言うと、驚いている智明にマフィンを渡し、笑顔で手を振《ふ》りながら去って行った。

残された智明は――感動した。昨日あれだけひどいことを言ったのに、そんな自分を許すばかりか、こうして気を遣《つか》ってくれるなんて、どれだけ心の広い人なんだろう！

陸上部の練習が始まる前に、男子ロッカーでこっそり食べたマフィンは、涙《なみだ》が出るほどおいしかった。そのおかげかどうかわからないけれど、そのあと、智明は何回やっても引っかかっていた棒高跳びの高さをすんなり跳ぶことができた。

頼子が言った通り、甘いものには効果があった。いや、本当はお菓子のおかげではなかった。きっとこれは恋《こい》の力だ。自分のためにマフィンを作ってくれた頼子に、智明は恋をしたのだ。

その後、陸上部の練習を見に来た頼子と話したり、移動教室で一緒《いっしょ》になったりするたび、智明の恋心は募《つの》っていった。もっと彼女に笑《わら》いかけてほしい。自分を見てもらいたい。これからもずっとそばにいたい。そう思って、とりあえずメアド交換《こうかん》まではしたけれど……。

「このあとどうすればいいか、わかんなくて……」

智明がスマホを片手《かたて》に、途方《とほう》に暮《く》れた顔つきでつぶやく。

「あなたは、お母さんのことが好きなんでしょ？　なら、とっととラブレターを送ればいいじゃない。それで万事解決よ！」

「いや、まぁ……その、メールのやりとりを通じて、高殿さんに俺のことを好きになってもらいたいなーとは思うけど……何を書いたらいいか、全然わかんないんだよ！」

エリカのストレートな意見に対し、智明が逆ギレしたように言《い》い捨《す》て、耳まで真《ま》っ赤《か》にしながらうつむく。だけど、自分が相談しに来たことを思い出したのか、ややあって、下書き保存《ほぞん》してあったメールをためらいがちに開き、美樹たちに見せた。

「これ、試しに書いたやつなんだけど……こんなんでいいのかな？」

エリカだけでなく、美樹と要も、こぞって差し出された画面をのぞきこむ。その瞬間、みんなで一斉《いっせい》に「あー」とうめきながら、頭を抱《かか》えた。そこに書かれていた内容は、智明らしいといえば、すごく智明らしい内容だったのだが……。

『高殿さんは、陸上競技の中で何が一番好き？　見るだけなら、俺は断然、駅伝《えきでん》！　一つのたすきをみんなでつなぐの、チームって感じがしてすごくいいよな。今年の箱根《はこね》駅伝でも……』

「なに、このメール。駅伝ファンの間での感想シェア？」

エリカの毒舌《どくぜつ》に、美樹もこの内容を読んだあとでは苦笑《くしょう》するしかなかった。

「加藤くんには悪いけど、私もこれはちょっと……自分の好きなことについて知ってもらうのは大切だけど、加藤くんが一方的に語るだけじゃダメだと思うの。頼子が駅伝に興味なかったら、メールが続かないから……たとえば、頼子の好きな話題を振《ふ》ってみたらどうかな？」

「高殿さんの好きなことって？」

「お菓子作りと手芸《しゅげい》よ！」

「…………………」

エリカの間髪《かんはつ》入れぬ答えに、智明がなんとも言えない微妙《びみょう》な表情で撃沈《げきちん》する。要が、智明を慰《なぐさ》めるように、大きく落ちたその肩《かた》に、横から手を置いて言った。

「落ちこむ必要はないよ。よかったら、高殿さんへのメールは、悩み解決部が代筆するから。文豪《ぶんごう》の大河内隆也先生は、こういうの得意だよね？」

「え、地蔵にやらせるの!?」

驚愕《きょうがく》に満ちたエリカの悲鳴を最後に、部屋の空気が凍《こお》りついた。読書を続けていた隆也が、さすがにこちらを向く。苦笑いを浮《う》かべるしかできないでいる美樹の隣《となり》で、息を吹《ふ》き返したエリカが、ブンブンと首を大きく横に振《ふ》って叫《さけ》んだ。

「地蔵にラブレターの代筆を頼《たの》むなんて……地蔵が書いた小説を読んだことがないから、そんなことが言えるのよ！　インパクト重視《じゅうし》でいくなら止めないけど、絶対に恋は成就《じょうじゅ》できないわ」

「そうなの？　じゃあ、俺が書こうか？　高殿さんのことは知らないけど、なんとかなるでしょ」

要の言葉に、エリカが「まだハイドのほうがマシね」と、ため息交《ま》じりにつぶやく。

「ハイドは腹黒《はらぐろ》だから、表面的な甘い言葉をささやくのには慣れてそうだもののね」

「ひどいなー。別に俺は腹黒くないし、甘い言葉で女の子をたぶらかしたこともないよ」

「どうだか。でも、おもしろそうだから、いいわ。じゃあ、最初の挨拶《あいさつ》だけど……」

エリカがノリノリで、要と一緒にメールを作成しようとする。そのとき、

「全然おもしろくなんかない！　クライアントの俺を置いて、話を進めるな!!」

智明の怒声《どせい》が部屋を貫《つらぬ》いた。反射《はんしゃ》的に耳を押《お》さえ、声のしたほうを向いた美樹は、「しまった」と思った。仲間内での悪ふざけが過ぎた。そこには、顔を真っ赤にさせて怒《おこ》る智明がいた。

「お前ら、もっと真剣に考えろよ！　これは遊びじゃないんだ。俺の人生がかかってんだぞ!?　あー、もういい！　やっぱり自分のことは自分で考える！　要、お前は書記を頼む！」

智明は一方的にそう告げるなり、自分のスマホを要にポイッと投げて渡《わた》した。

「変な脚色《きゃくしょく》をしないで、これから俺が言うことをそのまま書いてくれ。いいな？」

恋する男は強い。智明の迫力《はくりょく》に押され、さすがのエリカも何も言えなかった。智明は、要が「わかった」とうなずくのを見て、とりあえず納得《なっとく》したらしい。腕《うで》を組み、部室の中をうろうろと歩き回りながら、ボソボソとつぶやくような声で話し始めた。

「えーと……こんにちは、高殿さん。この間はありがとう」

要が言われた通りにメールを打つ。しかし、あとが続かなかった。智明は足を止め、険《けわ》しい顔をして虚空《こくう》をにらんでいる。

「まさかそれで終わり？　挨拶《あいさつ》だけ書いて送るんじゃないでしょうね？」

「藤堂、黙っててくれ！　高殿さん相手のメールで、失敗はできないんだから！」

智明は頭をくしゃくしゃとかきむしり、再び部屋の中を落ち着かなさそうに歩き回りながら、たどたどしい口調で続けた。

「マフィン、うまかったよ。また食べたい……って、今のなし！　これじゃあ、催促《さいそく》してるみたいだしな。えーと、高殿さんは、きっといい奥《おく》さんになる……これも違《ちが》う！　要、今のは消せよ！　代わりに、その……マフィン、すごくおいしかったです。ありがとうございます」

「……なんで急に敬語《けいご》？　しかも、同じ内容を繰《く》り返《かえ》してるし」

エリカがあきれた様子でつっこむが、自分のことで手一杯《ていっぱい》の智明には聞こえていなかったらしい。

「なんていうか、その、高殿さんともっと話したい。高殿さんの笑顔が見たい……って、ここまで書いたら、さすがに引くよな！　今のもなしで！」

自分で言ってて恥《は》ずかしくなってきたのか、智明が真っ赤な顔で「ハハハ」とごまかし笑いをする。そんな智明の様子を、要は笑顔で見守りながら、おとなしくメールを打っていた。

そのあとも、智明は部屋の中をグルグル歩き回りながら、何かを言っては「今のなし！」と叫《さけ》ぶことを繰り返し、最後には、ようやく少しだけ赤みの引いた顔で、締《し》めの言葉《ことば》を口にした。

「要するに、俺は何が言いたいかっていうと……本当にマフィン、うまかった。ありがとう」

「結局、マフィンがおいしかったことしか言ってないじゃない！　そんなので、気持ちが伝わると思ってるの!?」

「い、いいんだよ、最初のメールなんだから！　これが、今の俺の精一杯《せいいっぱい》だよ！」

エリカに勢《いきお》いよくつっこまれ、智明がすねたように口をとがらせる。美樹は、なおも何か言いたそうにしている親友に向け、静かに首を横に振ってみせた。たしかに送ったところで何の進展《しんてん》も見られなさそうな内容のメールだけど、智明が自分で言ったように、彼は精一杯、頑張ったのだ。その努力を茶化《ちゃか》してはいけない。

「じゃあ、この内容で高殿さんに送るよ。送信！　と」

「ありがとう、要！　恩《おん》に着るぜ！」

まるで本当に告白をしたあとのように、智明が大きく息をつく。彼は、最初に来たときよりだいぶスッキリした顔つきで、悩み解決部の部室をあとにした。

それから一週間後の放課後、悩み解決部の面々は、部室を訪《たず》ねた智明から、驚《おどろ》くべき報告を受けた。頼子とつき合うことになったというのだ。なんでも最初に送ったメールがきっかけで、頼子は彼に好意を抱《いだ》くようになり、そのあとの告白にも、すんなりOKを出したらしい。

「よくあの内容のメールから始まって、恋愛関係に発展《はってん》できたわね。お母さんは、もともと加藤くんに気があったのかしら？　きっとそうよね」

どうしても納得《なっとく》がいかないらしく、智明が帰ったあとの部室で、エリカがブツブツこぼす。

美樹はその希望的観測《きぼうてきかんそく》を打《う》ち砕《くだ》くように、首を横に振った。

「さっき廊下《ろうか》で頼子と会ったときに話したんだけど、頼子が加藤くんの気持ちに気づいて好きになったのって、あのメールをもらってからなんだって」

「え？　でもあの人、『マフィンがおいしかった』としか言ってないじゃない……まさか！」

言葉の途中《とちゅう》で、エリカの目がキラッと光る。その視線は、隆也の隣でトランプタワーを作っていた要の顔を射貫《いぬ》いた。

「ハイド！　あなた、また何かしたの!?」

「やだな、その聞き方。人聞きが悪いなー。俺は智明に頼まれた通り、智明が言ったことをそのままメールに書いて送っただけだよ。『今のなし！』とか、『これも違う！』とかも含めて、一言一句違《いちごんいっくたが》わずに全部ね」

要の告白に、エリカが「ウソでしょ……」とつぶやき、美樹はなんとも言えない気持ちで、天を仰《あお》いだ。要はそんな自分たちのことなど気にせず、イタズラ小僧《こぞう》のように目をキラキラさせながら、続きを教えてくれた。

要が例のメールを頼子に送った直後のことだ。智明はメールの送信履歴《そうしんりれき》から、とんでもない内容を送ってしまったと気づき、血相《けっそう》を変えて要に詰《つ》め寄《よ》ったという。しかし、「智明がそのまま書けって言ったから、そうしただけだよ」とうそぶく要を見て、智明はあきらめたらしい。

一度送ってしまったメールをなかったことにはできない。なら、ここはダメ元で告白するべきだと、智明は思い詰め――結果、すべてうまくいった。

要が智明の名前で送ったメールには、智明がオフレコにした部分も含《ふく》め、彼がどんなことを考えながらメールを作成したか、そのプロセスがすべて書かれていた。そんな本音《ほんね》ダダ漏《も》れで実況中継《じっきょうちゅうけい》のような内容が、告白前から頼子の心を動かしていたのだろう。智明の急な告白にも、頼子は嬉《うれ》しそうにうなずいてくれたという。

「親切ぶった笑顔の下で、そんなことをしてたなんて、ハイドはやっぱり腹黒ね！　あなた、本当は最初からそれを狙《ねら》ってたんじゃないの!?」

要に出《だ》し抜《ぬ》かれたという、くやしい気持ちも混《ま》じっていたのだろう。エリカがムスッと頬《ほお》をふくらませる。それを見て、要はいつもと同じ笑顔で答えた。

「日本のことわざに、『正直者の頭《こうべ》に神《かみ》宿《やど》る』っていうのがあるよね？　それと一緒《いっしょ》で、変に気持ちを隠《かく》したりしないで、智明が正直な自分の気持ちを相手に伝えたからこそ、『恋愛の神様』が智明の頭に宿ってくれたんじゃないかな？」

「なんかいいこと言ってるけど、所詮《しょせん》は屁理屈《へりくつ》じゃない！」

「おほめにあずかり、恐縮《きょうしゅく》です」

「別にほめてないから！」

エリカの絶叫《ぜっきょう》が室内にこだまする。要は、隆也とは真逆《まぎゃく》で饒舌《じょうぜつ》なタイプだけど、ある意味、隆也以上に本心を見せない人間だな、と美樹は改《あらた》めて思ったのだった。

［スケッチ］

男の友情

この世《よ》に生《せい》を受け、10年。

相田裕太《あいだゆうた》は、今までの人生で経験したことがないような危機《きき》に直面していた。

「裕太！　待ちなさい！」

小川由香《おがわゆか》の甲高《かんだか》い声が背後《はいご》に迫《せま》る。足は止めず、肩越《かたご》しに後ろを見た裕太は、息を飲んだ。

ふつうにしていれば、「かわいい」と思う由香の顔は今、怒《いか》りに赤く染《そ》まっていたのだ。

「裕太！　怒《おこ》らないから、待ちなさい！」

こんな見えすいたウソ、聞いたこともない。ここで捕《つか》まったら、一巻《いっかん》の終わりだ。裕太は恐《きょう》怖《ふ》に顔を引きつらせながら、走るスピードをよりいっそう速めた。

ことの発端《ほったん》は、今から数十分前――。

今日は大掃除《おおそうじ》の日で、裕太たち4年C組の生徒は、各人が割《わ》り当《あ》てられた場所の掃除に出向いていた。裕太の担当《たんとう》は、自分の教室だった。

裕太を含《ふく》む4年生男子は、ゾウキンやホウキを手に、日頃《ひごろ》お世話になっている教室に、恩返《おんがえ》しを――などと思うわけがなかった。最初の5分間こそ真面目《まじめ》に掃除しようとしていた。けれど、すぐに飽《あ》きてしまって、ゾウキン野球が始まった。

「男子！　真面目にやりなよ！」

由香がイライラした声で注意する。それでも野球をやめない裕太たちを見かねて、由香が詰《つ》め寄《よ》ってきた。そのとき、ピッチャー役《やく》の浩二《こうじ》の手から、超高速《ちょうこうそく》のゾウキンボールが放たれた。まるでドブネズミのような灰色《はいいろ》で、絞《しぼ》り切《き》れていなかった水を周囲にまき散《ち》らしながら、ゾウキンが飛んでくる。

裕太はホウキをフルスイングした。手に確かな感触《かんしょく》を覚え、「やった！」と歓声《かんせい》を上げる。が、ゾウキンボールが飛んでいく先に目を向けた瞬間《しゅんかん》、

「あっ……」

裕太は乾《かわ》いた声を上げ、ホウキを持ったまま凍《こお》りついた。その視線《しせん》の先には、由香がいた。

ツインテールにした頭の上に、びっしょり濡《ぬ》れた灰色のゾウキンを乗せた由香が……。

「ゆぅぅぅたぁぁぁ！」

ふだんの彼女からは想像もつかない、ドスのきいた低い声が、由香の口からこぼれた。その顔がみるみるうちに怒気《どき》に染《そ》まり、目がつり上がる。

この顔、どこかで見たことがある……地獄《じごく》の鬼《おに》だ！

裕太はホウキを投《な》げ捨《す》て、反射的《はんしゃてき》に走り出していた。頭では、由香に謝《あやま》らなければならないとわかっている。だけど、本能が警告《けいこく》を発していた。今、この場を離《はな》れなければ殺される、と。


由香から逃《に》げるため、学校の階段《かいだん》を全速力で駆《か》け下《お》りた裕太は、校庭に飛び出した。背後《はいご》にまだ由香の気配《けはい》を感じる。このままじゃ、やばい！　今に力尽《ちからつ》きて追いつかれる！

「どこか隠《かく》れるとこは……」

裕太は肩《かた》で息をしながら、校舎の角《かど》を曲がり、左右に目を走らせた。そのとき、

「裕太、どうした？」

横から声を掛《か》けられ、ハッと顔を向ける。そこにいたのは、親友の小倉剛《おぐらたけし》だった。

そういえば、剛は裏庭《うらにわ》の担当だった。掃除《そうじ》を終え、これからゴミを捨《す》てに行くところなのか、右手に大きくふくれた袋《ふくろ》を持っている。

「剛くん！　どこかに隠れられる場所――」

「裕太！　どこにいるの!?」

裕太の声をさえぎり、一際《ひときわ》甲高《かんだか》い由香の声が近くで上がった。もう時間がない！

「お願い、剛くん！　僕《ぼく》を由香ちゃんから、かくまって！」

「え？　別にいいけど……」

剛が面食《めんく》らった顔つきで、由香の声がしたほうと裕太の顔をチラチラ見比べる。

「男同士の約束だよ！　由香ちゃんが来ても、僕が隠れてることは絶対に言わないでね！」

「わかった。男同士の約束なら、しょうがねぇな」

言葉はめんどくさげでも、やっぱりこういうとき、剛は男らしくて頼《たよ》りになる。

裕太は「ありがとう！」と言うなり、剛の背後《はいご》にある体育用具室に飛びこみ、その重たい扉《とびら》を内側から閉《し》めた。それから、およそ一分後――。

「剛、裕太を見なかった!?」

怒りに満ちた由香の声が、扉越《とびらご》しに裕太の耳にまで届《とど》いた。気になって、おそるおそる扉の隙間《すきま》から様子《ようす》をうかがう。教室で見たときと変わらぬ形相《ぎょうそう》の鬼——いや、由香が腰《こし》に手を当て、剛を正面からにらみつけていた。

「ねぇ、剛。裕太がどこへ行ったか、見たんでしょ？」

由香に詰め寄られ、剛が「これだから女は」とでも言いたげに、苦々《にがにが》しい吐息《といき》をこぼす。

「裕太がどこへ行ったかなんて、知らねぇよ」

「ホント？　正直に言わないと、あんたもクラスの女子を敵《てき》に回すことになるわよ？」

由香の目に静かな殺気《さっき》が宿っているのが、遠目にもわかる。自分だったら、半泣きで口を割《わ》りそうだ。けれど、剛はそれでも引かなかった。

「知らないもんは、知らねぇよ！　てか、お前、教室の掃除担当だっただろ？　早くみんなのとこに戻《もど》れよ！」

「剛くん……」

剛が見せてくれた男の友情に、裕太は、じーんと打ち震《ふる》えた。やっぱり剛こそ、男の中の男だ。こんなにも、かばってくれるなんて！　剛と親友で、本当によかった。

由香はまだ疑《うたが》い深げに、剛の顔をじっとにらんでいる。やがてその口から、あきらめとも取れるため息がこぼれた。

「そう、剛の考えはよくわかったわ」

由香が肩をすくめ、歩き出す。裕太は安堵《あんど》のあまり、全身の力が抜《ぬ》け、ヘナヘナと体育用具室の床《ゆか》に座《すわ》りこんでしまった。

一時は死を覚悟《かくご》したけれど、剛のおかげで助かった。剛には、いくら感謝しても感謝しきれない。裕太は心の中で、「ありがとう」を繰《く》り返《かえ》した。そのとき、ガラッと扉の開けられる音がして、薄暗《うすぐら》い室内に光が射《さ》しこんできた。

まぶしい。目を細めた裕太は、扉を開けてくれた剛の後ろに、光が差しているように感じた。が、おかしい。その後光《ごこう》を差《さ》した仏様は、よく見ると鬼の顔をしていた。扉を開けたのは、剛ではなく、教室に戻ったはずの由香だったのだ。

「ゆ、由香ちゃん!?　どうして!?」

仰天《ぎょうてん》している裕太の顔を冷《さ》めた目で見下ろし、由香はまるで映画《えいが》の悪役《あくやく》のような笑みを顔にフッと浮《う》かべて言った。

「どうしてって、何？　私が教室に戻ったとでも思った？」

「…………………」

正直にうなずくのもためらわれ、裕太の首が微妙《びみょう》な角度で静止する。

剛はさっき、「裕太がどこへ行ったかなんて知らない」と由香に言っていた。この耳で聞いたのだから、間違《まちが》いない。それなのに、自分が隠れている場所がわかるなんて、鬼と化した由香には人の心が読めるのだろうか。それとも、恐怖に支配された者独特《どくとく》のニオイをかぎつけ、この場所を探《さぐ》り当《あ》てたとでも言うのだろうか。

「あの、さ……どうして僕がここに隠れてるって、わかったの？」

恐怖と好奇心《こうきしん》がせめぎ合った結果、後者が勝った。こわごわ尋《たず》ねる裕太に、由香はさらりと答えた。

「不思議《ふしぎ》でも何でもないわ。裕太は体育用具室に隠れてるって、剛が教えてくれたのよ」

「え？　剛くんが!?」

裕太の口があんぐり開く。

まさか剛に裏切《うらぎ》られるなんて！　男同士の約束はどこへ行った!?

裕太は怒《いか》りとショックで呆然《ぼうぜん》としていた。だけど、途中《とちゅう》で我《われ》に返り、「でも、待てよ」と思い直した。剛は、自分の隠れ場所を由香に告げていなかった。それなら、由香はどうやって、ここがわかったというのだろう？

いつの間にか、裏庭から剛の姿《すがた》は消えていた。今すぐ剛の首根《くびね》っこを捕《つか》まえて、事情を問《と》い質《ただ》したい衝動《しょうどう》に駆《か》られる。しかし、実際に首根っこをつかまれたのは、裕太のほうだった。

「相田裕太、14時46分確保《かくほ》。教室という名の法廷《ほうてい》に、一緒《いっしょ》に来てもらうわよ」

「わー！　由香ちゃん、ごめんなさい！　許して！」

必死の懇願《こんがん》も虚《むな》しく、由香にズルズルと引きずられていく。

こうして裕太は逮捕《たいほ》され、極刑《きょっけい》に処《しょ》せられた。裁判官《さいばんかん》も陪審員《ばいしんいん》も全員女子の法廷において、人道的な裁判が行われることは当然なかった。

その日の放課後、裕太はオジギソウのように深く頭《こうべ》を垂《た》れ、足下の小石を蹴《け》りながら、帰り道を一人《ひとり》でトボトボ歩いていた。

「剛くんさえ裏切らなければ、こんなひどい目に遭《あ》うことはなかったのに……」

逆恨《さかうら》みが入っているとわかっていても、モヤモヤした気持ちがなくなるわけではない。行き場のない怒りを持《も》て余《あま》し、裕太が小石を勢いよく蹴飛《けと》ばした。そのとき、

「裕太ー！　さっきは災難《さいなん》だったな」

今一番聞きたくない声を耳にして、裕太はブスッと頬《ほお》をふくらませた。振《ふ》り返った先にいたのは、声の予想通り、剛だった。

「ひどいよ、剛くん！　約束を破るなんて！　僕が用具室に隠れてること、由香ちゃんには絶対に言わないでって、お願いしたのに！」

恨《うら》みがましく、剛をにらみつける。しかし、剛は表情を変えることなく、「俺、何も言ってないよ」とうそぶいた。

どういうことなんだろう？　剛は「何も言ってないよ」と言うけれど、由香は「剛が隠れ場所を教えてくれた」と言っていた。だけど、自分は剛が由香に何か言うのを聞いていないし、その現場を見てもいない。あのわずかな時間の間に、いったい何があったのだろう？

わけがわからず、混乱《こんらん》する裕太を見て、剛が悪びれることなく説明を続けた。

「納得《なっとく》いかなそうな顔をしてるけど、何も不思議なことなんてないさ。裕太が隠れてる位置か

らは見えなかったかもしれないけど、俺は由香の前で、裕太が隠れていた用具室を指さしたんだ。お前がそこに隠れてるって、口では言ってないんだから、約束は破ってないだろ?」

「何それ!?」

剛の説明を聞くなり、裕太は自分でも驚《おどろ》くほどの大声を上げていた。

「口では言ってないって、屁理屈《へりくつ》だよね!? 僕は剛くんのことを信じてたのに……剛くんにとって男の友情って、その程度《ていど》のもんなの!? 信じらんない!! こんなの、絶交ものだよ!!」

裕太はそう叫ぶと、再び下を向いて歩き出した。その前に、剛が回りこんできた。

「裕太、そんなに怒んなよ。俺だって、『男の友情』が、この世でもっとも大切なものの一つだって思ってるさ。なにせ我《わ》が家《や》の家訓《かくん》は、『男の友情は一生の宝《たから》』だしな。でも、俺は、それより大切なものがあることも知ってるんだ」

「……それって何?」

怒っているはずなのに、気になってつい尋《たず》ねてしまう。剛は胸《むね》を張《は》って答えた。

「俺の父ちゃん、夜中に帰ってきて、母ちゃんとケンカになることがよくあるんだ。そういうときは、たいてい酔《よ》っ払《ぱら》っててさ。最初は、えばって『男の友情に文句《もんく》を言うな』とか言ってるくせに、最後にはいつも怒《いか》り狂《くる》った母ちゃんに向かって、泣きながら『俺が悪かった。遅《おそ》くなってすまない』って謝《あやま》ってるんだぜ」

「…………………」

「というわけで、我が家の家訓《かくん》には続きがあるんだ。『男の友情は一生の宝』だけど、『怒《いか》り狂《くる》っている女の前では、宝を捨《す》てる勇気を持て』ってな。今日《きょう》の場合、裕太との約束を守りつつ、由香の怒りを回避《かいひ》するためには、俺にとって、あれが最善《さいぜん》の策《さく》だったんだよ」

「…………」

裕太は何も言い返すことができなかった。生暖《なまあたた》かい無言《むごん》の空気が、二人の間に流れる。

それから30分後。そこには、公園のベンチに仲良《なかよ》く並《なら》んで腰掛《こしか》け、アイスを食べながら、「男はつらいね」と語り合う裕太と剛の姿《すがた》があった。

曾《そう》祖《そ》父《ふ》の右《みぎ》腕《うで》

「うわー、すごく古い写真！　これって、ひいおじいちゃんと、ひいおばあちゃんの結《けっ》婚《こん》式《しき》かな？」

押《お》し入《い》れの中から古びたアルバムを取り出した都《みや》子《こ》は、その中に大《おお》判《ばん》の白黒写真が挟《はさ》まれているのを見つけ、思わず声を上げた。

日《に》本《ほん》髪《がみ》を結《ゆ》った白《しろ》無《む》垢《く》の女性と、黒の紋《もん》付《つ》き袴《はかま》を着た男性が、古い日本家《か》屋《おく》の前で、寄《よ》り添《そ》うように立っている。典型的な結婚式の記念写真だったが、都子はそこにふと違《い》和《わ》感《かん》を覚えた。こういうとき、女性は両手を膝《ひざ》の前で重ねて立つものだと思っていたけれど、彼女の手は額《がく》縁《ぶち》入りの顔写真を抱《かか》え持っていたのだ。

「ふつう、結婚式の記念写真で、誰《だれ》かの写真を持ったりしないよね？　これ、誰なんだろう？」

別に答えを求めて聞いたわけではない。都子は疑《ぎ》問《もん》を解消するため、縁《えん》側《がわ》に出て、明るいところで写真をよく見ようとした。そのとき、立ち上がりかけた都子の横に、ドカドカッと音を立てて大量のアルバムが積《つ》まれた。振《ふ》り向《む》くと、一年中いつでも愛想《あいそ》を欠品させている弟の隆《たか》也《や》が、無表情にこちらを見下《みお》ろし、立っていた。

「アルバムの中身をいちいち確認《かくにん》するな。そんなことをしていたら、永遠に終わらないぞ」

弟のもっともすぎる指摘《してき》に、都子はブスッと頬《ほお》をふくらませた。

都子と隆也の2人は、週末の三連休を利用して、曾祖父《そうそふ》の家に来ていた。先月、曾祖母《そうそぼ》が亡《な》くなったため、その遺品《いひん》整理を手伝うことになったのだ。

「相変わらず、つまらない弟ね。ファミリーヒストリーを確認するのは、一族の人間として、大切な仕事よ。あんたって、本当に人間に興味がないんだから、嫌《いや》になっちゃうわ」

都子が若干《じゃっかん》の嫌味《いやみ》を混ぜて反撃《はんげき》する。しかし、隆也には届《とど》かなかった。彼《かれ》は、たくさんあるアルバムの中身をパラパラと確認しては、年代順に並《なら》べていく作業をすでに開始している。

「本当につまらない弟！」

都子が口をとがらせた。そのとき、隆也が持っているアルバムの中から、何か細長い紙が落ちた。気になった都子は紙を拾《ひろ》い、「あっ！」と叫《さけ》んだ。隆也が「何だ？」と目で問いかけてくる。この紙が何か、彼は知らないはずだ。なぜならこれは、彼が生まれたばかりのころに、都子が作った短冊《たんざく》なのだから。

色あせたピンクの細長い紙に、たどたどしい字で書かれていた願《ねが》いは、「おおきいじーじにみぎてをください」。

「すごいなー。よくこんなもの、10年以上も取っておいてくれたわね」

「そりゃあ、かわいい曾孫《ひまご》が、自分のために作ってくれた短冊だからな。捨《す》てられないさ」

かすれた声が後ろから割《わ》りこんでくる。驚いて振り返った先には、いつの間《ま》にやってきたのか、都子と隆也の曾祖父——大河内秀夫《ひでお》が立っていた。

曾祖父の顔には、年輪《ねんりん》を思わせる無数のシワが刻《きざ》まれている。だが、背筋《せすじ》がピンと伸《の》びているおかげで、とても90を過ぎているようには見えない。縁側《えんがわ》から吹《ふ》き込《こ》んできた風を受け、浴衣《ゆかた》の右袖《みぎそで》がヒラヒラと揺《ゆ》れている。曾祖父には、右腕《みぎうで》がないのだ。

「ひいおじいちゃんは、戦争で腕をなくしたんだよね？」

都子の問いに、曾祖父がわずかに目を伏《ふ》せ、「ああ」とうなずく。

都子は、自分の中に残っているかすかな記憶《きおく》をたぐりよせた。昔、一度だけ事情を聞いたことがある。曾祖父は太平洋戦争の末期、南方に派兵《はへい》され、右腕を負傷《ふしょう》したらしい。画家を目指していた曾祖父は、何が何でも右腕を残したかったが、上官が軍医に「切り落とせ」と命じたせいで、右腕を失ったという。曾祖父は恐《こわ》い顔でその話を語ったあと、フッと息を吐《は》き、「もう一度だけでいいから、思い切り絵が描《か》きたいなぁ……」とこぼしていた。

「その腕を切るように命じた上官のこと、ひいおじいちゃんは今でも憎《にく》んでる？」

「おいっ！　都子!!」

遠慮《えんりょ》なく、土足で人の心に踏《ふ》み入るような質問に、隆也がめずらしく焦燥《しょうそう》を含《ふく》んだ声を上げる。しかし、曾祖父は怒らなかった。その顔が一瞬《いっしゅん》、悲しげな色を帯《お》びて見えただけだった。

「お前たち、いくつになった？」

曾祖父に問われ、都子は21、隆也は16と、それぞれ答えた。それを聞いた曾祖父は、ゆっくりとその場に座《すわ》ってあぐらをかき、二人の顔を交互《こうご》に見て口を開いた。

「ワシもこの先、どれだけ生きられるかわからない。そろそろお前たちにも、話しておいたほうがいいかもしれないな。70年前の真実を」

秀夫の人生は、祝福《しゅくふく》されて始まったわけではない。むしろ、その反対だった。秀夫の両親は、秀夫が生まれてすぐに相次《あいつ》いで結核《けっかく》で亡《な》くなった。そのため、秀夫は母親の姉《あね》夫婦《ふうふ》のもとで育てられた。

80年以上経《た》った今でも、よく覚えている。あれは自分が4歳《さい》か5歳になった頃《ころ》のこと。同い年であったいとこと一緒《いっしょ》に遊んでいて、崖《がけ》から転がり落ちたことがあった。幸い二人とも軽傷《けいしょう》で済《す》んだが、近所の人から話を聞きつけ、飛んできた伯母《おば》は、一目散《いちもくさん》にいとこのもとに駆《か》け寄《よ》った。秀夫は見向きもされなかった。このとき、心の底から理解したのだ。「親がいないって、こういうことなんだ」と。それは、秀夫が孤独《こどく》を自覚した瞬間《しゅんかん》でもあった。

秀夫は物事の飲みこみが早く、機転《きてん》も利《き》いたため、学校の先生や近所の大人たちから、よくほめられた。しかし、いくら良くしてもらったところで、所詮《しょせん》は他人《たにん》だ。秀夫は、自分だけを見て、「愛している」と抱《だ》きしめてくれる存在《そんざい》に会いたかった。

自らのうちに抱《かか》える果てしない孤独《こどく》と寂《さび》しさをまぎらわすため、やがて秀夫は絵を描くようになった。絵を描いているとき、秀夫は自由になれた。楽に呼吸《こきゅう》ができた。その間だけ、自分が生きていることを実感できた。

人生は短い。しかし、芸術は長い。魂《たましい》を込めて描いた一枚《まい》は、見た人の記憶《きおく》に残り、その心の中で、いつまでも生き続けることができるのだ。

秀夫は自らの魂を燃やすかのように、絵を描くことに没頭《ぼっとう》した。それまでは、まともな画材道具を持っていなかったが、17のとき、コツコツ働いて貯《た》めた金で、初めてまともな絵画《かいが》の道具を買うことができた。秀夫はその道具を使って描いた絵を、若き画家の登竜門《とうりゅうもん》であるコンクールに送った。

結果は落選だった。だけど、悪いことばかりではなかった。そこで目をとめてくれた芸大《げいだい》の先生に声を掛《か》けられ、「本格的に自分のもとで絵の修業《しゅぎょう》をしないか」と誘《さそ》ってもらえたのだ。嬉《うれ》しかった。生まれて初めて、自分の存在を誰《だれ》かに認《みと》めてもらえた気がした。今までの灰色《はいいろ》で塗《ぬ》りつぶされた世界に、初めて絵の中のように、色がついて見えた気がした。

しかし、人生とはうまくいかないもので、秀夫が画家への道を歩もうとした矢先、太平洋戦争が勃発《ぼっぱつ》した。

戦争が始まってしばらくして、成人した秀夫のもとにも赤紙《あかがみ》が届《とど》いた。「戦争に行け」と命令されたのだ。秀夫に拒否権《きょひけん》はなかった。「戦争に行かずに、画家になりたい」などと言えば、非国民扱《ひこくみんあつか》いされ、生きてはいけなかった。

　利《き》き腕《うで》一本さえあれば、戦争が終わったあとでも、画家になることができる。しかし、それを失ってしまっては、画家としてのすべてを失う。秀夫は戦争で、右腕だけは絶対に守ることを自分に誓《ちか》った。

　その後、秀夫が派兵《はへい》された先は南方戦線《なんぽうせんせん》だった。このときはまだ知らなかったが、のちに多数の戦死者を出すことになった激戦地《げきせんち》に、秀夫は送られたのだ。


　戦場での日々は、地獄《じごく》のほうがまだましに思えるほど苛酷《かこく》だった。

　絶え間なく浴《あ》びせられる銃弾《じゅうだん》に、いつ命を落としてもおかしくない状況下《じょうきょうか》で、敵は人間だけにとどまらなかった。日本軍が戦線を伸《の》ばし過ぎたため、補給路《ほきゅうろ》が確保《かくほ》できず、秀夫たち兵士《へいし》はジャングルの中で猛烈《もうれつ》な飢餓《きが》に襲《おそ》われた。さらに蚊《か》が媒介《ばいかい》する病気にも苦しめられ、みんな日に日に骸骨《がいこつ》のようにやせ細っていった。

　しかし、栄養失調と体調不良で体に力が入らないときでも、上官《じょうかん》の命令は絶対に聞かなければならない。命令違反《いはん》をした兵士には、容赦《ようしゃ》ない体罰《たいばつ》が加えられる。秀夫たち下級の兵士は暴力を恐《おそ》れ、上官の顔色をいつもオドオドとうかがっていた。

並《な》み居《い》る上官たちの中でも、下級の兵士たちから一番に恐《おそ》れられていたのは、部隊長の西村《にしむら》大尉《たいい》だった。彼《かれ》は、意味もなく部下を殴《なぐ》ることはしない。だが、人一倍《ひといちばい》軍律《ぐんりつ》に厳《きび》しく、ちょっとしたミスに対しても、きつい体罰を加えた。

秀夫が戦場に赴《おもむ》いてから半年。戦況《せんきょう》は好転するどころか、悪化の一途《いっと》をたどった。みんな、口に出すことこそなかったが、誰も生きて日本に帰れるとは思っていなかった。同じ部隊に所《しょ》属《ぞく》する兵士たちは、上官のいないところで、「もう一度、家族に会いたい」とこぼしていた。

秀夫には、帰る家がない。もしここで命が尽《つ》きるというのであれば、秀夫はその前に、もう一度だけ絵を描きたかった。

――人生は短い。しかし、芸術は長い。

自分がこの世に生きた痕跡《こんせき》を残すため、どうしても最後に一枚の絵を描いてから死にたかった。だけど、生きるのに必死な戦場で、絵を描いている余裕《よゆう》など当然なかった。絵を描くのに必要な道具も、何一つとしてない。何も残せない自分がくやしくて、秀夫は奥歯《おくば》が欠けそうになるほど強く歯ぎしりをした。

そんなある晩《ばん》のことだった。その日は新月《しんげつ》で、墨《すみ》で塗《ぬ》りつぶしたように真《ま》っ黒《くろ》な闇《やみ》があたりを包んでいた。何か不意に、ざわざわと嫌《いや》な予感がして、秀夫は目を覚《さ》ました。次の瞬間《しゅんかん》、スコールがテントをたたくような、すさまじい音が耳をつんざいた。隣《となり》で寝ていた兵士が、「ぐあっ！」と悲鳴《ひめい》を上げる。

「敵襲《てきしゅう》だ！　外へ出ろ！」

西村大尉の命令が、闇を切り裂《さ》いて耳を打つ。秀夫は無我夢中《むがむちゅう》で外に飛び出した。敵の姿《すがた》は見えないが、銃弾《じゅうだん》が四方八方から飛んでくる。

「助けてくれ！　俺《おれ》はまだ死ねない！」

秀夫が心の中で叫んだ。その瞬間《しゅんかん》、目の前が真《ま》っ赤《か》になった。激烈《げきれつ》な痛《いた》みが右半身を襲《おそ》う。いや、痛みという言葉で表現できない。体が真ん中から引きちぎられる！

自分は死ぬんだと、妙《みょう》に冷静な頭で思った。そのとき、「川へ飛びこめ！」という西村大尉の絶叫《ぜっきょう》が聞こえた。

それから先のことは覚えていない。秀夫の意識は暗闇《くらやみ》の中に吸いこまれていき――次に目を開けたとき、誰かが自分の顔をのぞきこんでいるのに気づいた。

視界《しかい》がぼやけているせいで、よく見えないが、ここは小屋の中らしい。板を並《なら》べただけの天《てん》井《じょう》の隙間《すきま》から、青い空がのぞいて見える。どうやら自分は川に飛びこみ、命だけはなんとか助かったらしい。

意識が戻《もど》った途端《とたん》、秀夫は右腕が急にカーッと熱くなっていくのを感じた。太い釘《くぎ》を何本もガンガンと打たれ続けるように、絶《た》え間《ま》ない痛みが襲《おそ》ってくる。

横に立っていた男が、苦しみ悶《もだ》える自分を見下ろし、話しかけてきた。

「安心しろ。今から処置《しょち》をする。壊疽《えそ》が始まる前に、お前の負傷《ふしょう》した右腕を切り落とすんだ。そうすれば、お前の命は助かる」

「え……」

一瞬、痛みも苦しみもすべて秀夫の中から消《き》え失《う》せた。今、何と言われた？　自分の右腕を、切り落とす？　画家として生きていく上で不可欠《ふかけつ》な、この右腕を!?

秀夫の耳が遠くなっていると思ったのか、男は再び秀夫の耳元で告げた。

「いいか？　落ち着いてよく聞け。これからお前の右腕を切断する。それで、お前の命は――」

「嫌《いや》だ！　やめてくれ！」

弱った体からは想像もつかないほどの大声を、秀夫は上げていた。

利き腕である右腕を切り落とすことなんて、考えられなかった。この腕を失ったら最後、自分は前と同じように絵を描くことができなくなる。この世に何も残せなくなる。自分の生きている意味がなくなる!!

「お願いだ！　右腕を切断するくらいなら、このまま死なせてくれ！」

男が答えに困《こま》っているのが、気配《けはい》で伝わってくる。その瞬間《しゅんかん》、

「そいつの言うことは聞かなくていい!!」

雷《かみなり》のような怒声《どせい》が小屋に落ちた。視界がはっきりしていないせいで、姿《すがた》を確認することはできないが、声でわかる。西村大尉だ。

「今すぐそいつの腕を切り落とせ！　ことは一刻《いっこく》を争《あらそ》う！」

「そんな！　大尉、それだけはやめてください！」

「上官命令だ！　おとなしく言うことを聞け！」

秀夫は泣いて頼んだが、無駄《むだ》だった。軍医とおぼしき男は「わかった」と言うと、部下に指示を出した。体を押《お》さえつけられ、右腕に何か冷たいものが当てられたのを感じる。

「ああああああああああああああ！」

耳のそばで、鼓膜《こまく》が破れるほどの絶叫が上がった。それが自分の悲鳴《ひめい》だとわかったとき、秀夫は痛《いた》みのあまり気を失った。そして――。


次に目が覚《さ》めたとき、秀夫の右腕はなくなっていた。横を見ると、そこには腕の代わりに、何もないぽっかりとした空間が広がっていた。秀夫は、それが現実だと信じられなくて、呆然《ぼうぜん》としていた。しかし、やがて現実を受け入れていくにつれ、ふつふつとした怒《いか》りが胸《むね》の奥底《おくそこ》からこみ上げてくるのを感じた。

もう二度と自分は絵を描くことができない。そう思うと、くやしさのあまり、涙《なみだ》が絶え間なくこぼれ続けた。

秀夫はベッドから起き上がれるようになると、真っ先に西村大尉の姿を探《さが》した。どんなに厳《げん》重《じゅう》な罰《ばつ》を食らっても、処刑《しょけい》されることになっても構わない。残った左手で、大尉の顔をぶん殴ってやらなければ、気が済《す》まなかった。

しかし、狭《せま》い野戦病院の中に、西村大尉の姿はなかった。代わりに、軍医を見つけた。秀夫は軍医に詰《つ》め寄り、食ってかかるように聞いた。

「軍医殿！　西村大尉はどちらですか!?　緊急《きんきゅう》でお目にかかりたいのです！」

息巻《いきま》く秀夫を見下ろし、軍医は一瞬、驚《おどろ》いたように目を見開いた。ややあって、彼は静かな口調で答えた。

「残念だが、西村大尉に会うことはもうできない」

「どうしてです!?」

「大尉は死んだんだよ。お前の代わりに」

「…………え？」

言葉が耳を素通《すどお》りして、意味を理解できない。唖然《あぜん》としている秀夫に、軍医は教えてくれた。

秀夫が右腕を負傷し、死にかけていたあのとき、実は西村大尉も瀕死《ひんし》の重傷を負っていた。すぐに処置《しょち》を施《ほどこ》さなければ、命が危《あや》ういのは誰の目にも明らかだった。軍医は当然、秀夫より重傷を負っていて、階級も上の大尉を先に手術しようとした。しかし、大尉がこれを拒絶《きょぜつ》した。

「俺より若《わか》い奴《やつ》の命を優先《ゆうせん》してくれ」と、大尉が言ったのだ。

結果的に、軍医は大尉の言葉に従《したが》った。そして、秀夫の手術が終わるのを待っている間に、大尉は静かに息を引き取った。大尉の「今すぐそいつの腕を切り落とせ‼」という命令は、すなわち、「そいつを先に助けろ‼」という意味にほかならなかったのだ。

軍医の話を聞いた秀夫は、返す言葉を失った。自分は今、西村大尉のおかげで生きている。命が助かって、純粋《じゅんすい》に嬉《うれ》しい。しかし、秀夫は大尉に対して、素直《すなお》に礼《れい》を言うことができなかった。なぜなら、今の自分には右腕がないのだ。これでは、もう昔のように絵を描くことはできない。人生の意味を失った今、何を心の支《ささ》えとして生きていけばいいんだ⁉

西村大尉の遺骨《いこつ》が入った箱を前にして、秀夫はその晩《ばん》、一人で声を殺して泣いた。

その後、戦争が終わり、秀夫は奇跡的《きせきてき》に日本に戻ることができた。唯一《ゆいいつ》の肉親である伯母夫婦とは、連絡が取れなかった。秀夫は、何もなくなった焼け野原にぽつんと一人で立ちつくし、深いため息をこぼした。

この戦争が終わるのと同時に、自分の人生も終わった。このまま自分の手で人生に幕《まく》を引くのもありだと考えた。だが、秀夫には一つだけやり残したことがあった。西村大尉の家族に、彼の最期《さいご》を報告するのだ。それが、命を分けてもらった者の義務《ぎむ》であるように、秀夫は感じた。

西村大尉の家族は、親戚を頼《たよ》って農村に疎開《そかい》し、終戦後も都市部に戻《もど》ることなく、畑を耕《たがや》し暮《く》らしていた。40を過ぎた妻《つま》と、15になる娘《むすめ》の二人暮《ぐ》らしだった。

二人は秀夫の急な訪問《ほうもん》に驚《おどろ》いたようだったが、夫や父の最期を聞けて、心から感謝してくれた。そして、身寄りのない秀夫に、「行くところがないのなら、ここで農作業を手伝わないか？」と声をかけてくれた。

秀夫は、「自分がいても、利き腕がないので役に立たない」と言って断ったが、そんな自分のことを彼らは優《やさ》しく受け入れてくれた。生まれたときから親がいないせいで、ずっと孤独《こどく》を抱え生きてきた秀夫にとって、こんな経験は初めてのことだった。

やがて2人と交流を持つうちに、秀夫は様々な事実を知ることになった。あれほど恐ろしかった西村大尉も、家では優しい夫であり、父親だったらしい。彼は、決して口外することはなかったが、「若い兵士を一人でも多く故郷《こきょう》に生きて返すために、自分は上官としてどう行動すべきか」を常々《つねづね》考えていたという。彼が人一倍軍律《ぐんりつ》に厳しかったのは、どうやらそのせいらしい。命令違反《いはん》は、違反をした兵士だけでなく、隊全体を死地《しち》に追いやる可能性があったから。

西村大尉の一人娘《ひとりむすめ》である照代《てるよ》は、いつも気丈《きじょう》に振《ふ》る舞《ま》い、秀夫の前ではよく笑顔《えがお》でいた。だが、傷《きず》ついていないわけではない。彼女が発する言葉の端々《はしばし》から、彼女がいかに父親のことを愛していたか、彼の死に際《さい》してどれほどつらい思いをしたか、否《いや》が応《おう》でも感じてしまい、秀夫は、彼女を一人で放《ほう》っておけなくなった。

西村大尉の代わりにはなれないけれど、いつか照代が再び心の底から笑える日が来ることを願った。そして、いつまでもそばにいて守ることを誓《ちか》い、秀夫は彼女と結婚《けっこん》した。

結婚式の日、秀夫は、照代が持った大尉の遺影と一緒に、家の前で記念撮影をした。そしてその晩、遺影の前で、戦争が終わって初めて大声で泣いた。命を助けてもらったことに対し、秀夫は初めて心の底から感謝した。

「そっか……それじゃあ、ひいおじいちゃんの右腕を切るように命じた大尉は、私たちのひいひいおじいちゃんに当たる人なのね？」

「ああ、そうだ」

曾祖父が重々しくうなずく。すべての話を聞き終えた都子は、膝《ひざ》の上に置いたままの古い結婚写真に視線《しせん》を落とした。曾祖母が白無垢姿《しろむくすがた》で抱えている遺影《いえい》は、顔が小さすぎて、よく見えない。だけど、この遺影の本体ならよく知っている。仏壇《ぶつだん》の横の壁《かべ》に、今でも大切に飾《かざ》られている。もっとも、その遺影と曾祖父の関係については、今までまったく考えたことがなかったけれど。

「ねぇ、ひいおじいちゃん。右腕を失ったこと、今でもまだ後悔《こうかい》してる？」

「そうだなぁ……もしも右腕があったら、と思う場面は何度もあったよ。照代と結婚したとき、その寝顔《ねがお》を自分の手で描きたかった。お前たちのおばあちゃんの礼子《れいこ》が生まれたとき、ワシはあいつの笑顔を絵に残したかった。だけど、もういいんだ。ワシは右腕の代わりに、多くのものをもらったんだから」

「それって、私《わたし》たち家族のこと？」

都子に聞かれ、無数のシワが刻《きざ》まれた曾祖父の顔に、透明《とうめい》で澄《す》んだ笑《え》みが浮かんだ。

「人生は短いが、芸術は長い。右腕を失ってからも、ワシはしばらくそう思って生きてきた。だが、今はワシがいなくなっても、芸術以外の道で、ワシのことを覚えていてくれる者たちがいる。その者たちの存在《そんざい》こそ、ワシがこの世に生きた証《あかし》だ。人生は短くても、子が生まれ、孫が生まれ、命はそうしてつながっていくんだな」

「……ひいおじいちゃん！」

曾祖父の笑みを見ていると、いても立ってもいられず、都子は、心の奥底《おくそこ》からわき上がってくる感情につき動かされるがまま、その細くなった体に抱きついた。

「年長者の言葉とは、往々《おうおう》にして書物より深みのあるものだな……」

弟の隆也がつぶやく。チラッと見たその横顔は、いつも通りの無表情だったけれど、その声はいつもよりやわらかで、静かな優しさをはらんでいるように感じられた。


それから1年後、曾祖父は曾祖母のあとを追うようにして、その長い人生に幕《まく》を引いた。

都子は、同じ芸大《げいだい》に通っている絵画科の友人の助けを借りながら、戦前の画家がよく使っていたという絵画道具を買い求め、曾祖父の棺《ひつぎ》に一緒《いっしょ》に収《おさ》めた。彼があの世で曾祖母の絵を描いている姿《すがた》を思い浮かべ、都子は静かにほほえんだ。

[スケッチ]

3度目の告白

「愛子《あいこ》ちゃんが結婚《けっこん》しちゃうなんて！　俺《おれ》の青春を返してくれ！」

　2年生の教室が並《なら》ぶ廊下《ろうか》に、男子生徒の野太《のぶと》い雄叫《おたけ》びが響《ひび》く。午前の授業を終え、職員室に戻《もど》ろうとしていた化学教師の渡辺紀之《わたなべのりゆき》は、悲しみに満ちたその咆哮《ほうこう》に驚《おどろ》いて、持っていた資料を落としそうになった。

　声の主《ぬし》は、すぐ前を歩いている男子二人組の一人らしい。担任《たんにん》ではない渡辺も、彼のことは知っている。バスケ部なのに、年中真《ま》っ黒《くろ》に日焼けした肌《はだ》をしていることから、クロスケと呼《よ》ばれている生徒――黒田亮平《くろだりょうへい》だ。両肩《りょうかた》を大きく落として歩く亮平を見て、後ろを歩いている渡辺は、なんとも複雑な気分に襲《おそ》われた。

「愛子ちゃん」こと雨宮《あめみや》愛子は、渡辺の同僚《どうりょう》にあたる音楽教師で、つい先日、長年つき合っていた彼氏《かれし》と結婚した。小学生の頃《ころ》から二人を知っている渡辺にとって、この結婚は喜ばしい限りだったが、愛子を慕《した》う思春期《ししゅんき》の男子たちにとっては、この世の終わりのように悲しい出来事《できごと》だったらしい。

「まぁ亮平、落ち着きなよ。考えようによっては、これでよかったんじゃないかな？　だって、愛子ちゃんは、渡辺先生との道ならぬ恋《こい》に悩《なや》んでたわけじゃなかったんだからさ」

亮平の隣《となり》を歩いている男子生徒が、嘆《なげ》き悲しむ友人を慰《なぐさ》める。彼《かれ》の名前も、渡辺は知っていた。サラサラのダークブラウンの髪《かみ》と、爽《さわ》やかな笑顔《えがお》がまぶしい、アメリカはロサンゼルスからの帰国子女《きこくしじょ》――武内要《たけうちかなめ》だ。

要の顔をちらっと見やり、亮平は不満そうに頬《ほお》をふくらませた。

「変なこと言うなよ、要。ナベセンと愛子ちゃんの不倫《ふりん》なんて、考えただけでゾッとする！　ナベセンって、大恋愛《だいれんあい》の末に、この間、結婚したばっかだろ？　そんな奴《やつ》が愛子ちゃんと不倫とか、絶対に許せねぇよ」

「してもいない不倫を『絶対に許せねぇ』と言われてもな……」

渡辺が、亮平の発言にかぶせて言った。その瞬間《しゅんかん》、振《ふ》り返《かえ》った亮平は「しまった！」と顔を引きつらせ、要も額《ひたい》を手で押《お》さえ、天を仰《あお》いだ。渡辺は悪ガキ二人を見て、ため息をついた。

「お前たち、何度言えばわかるんだ？　愛子先生は俺の小学校からの友人だ。愛する妻がいるのに、友人と不倫する奴がいるか！　それに、俺があいつのダンナに勝てるわけないだろ！」

「えっ？　勝てるわけがないって、どういう意味ですか？」

亮平が興味津々《きょうみしんしん》といった顔つきで聞き返してくる。

「あ、いや、今のは何でもない。それより、もうすぐ授業が始まるぞ。早く行け」

渡辺は自分の失言《しつげん》に気づき、あわてて二人を追い立てた。愛子の結婚相手が、実は国民的な人気俳優《はいゆう》の市原賢人《いちはらけんと》であることは、一部の人間にしか知られていないことなのだ。

渋々《しぶしぶ》走り去る二人の背中《せなか》を見送り、渡辺は再《ふたた》び廊下《ろうか》を歩きだした。「大恋愛の末に、この間、結婚した」という亮平の言葉を思い出し、苦笑《くしょう》する。

「大恋愛か……俺の結婚も、ある意味では大恋愛だったに違《ちが》いないいな」

誰《だれ》にも聞こえないような小声でひとりごちる。渡辺の脳裏《のうり》では、結婚した妻との出逢《であ》いが、昔観《み》た映画《えいが》のように思い出されていた。

渡辺が妻、絵里子《えりこ》と初めて会ったのは、小学校５年生の夏休みだった。渡辺は、当時から仲のよかった愛子と、幼馴染《おさななじ》みの賢人と一緒《いっしょ》に塾《じゅく》の夏期講習に参加していた。そのとき、たまたま絵里子も同じ夏期講習を受けていたのだ。

絵里子は小柄《こがら》な少女で、ホワホワとした髪《かみ》を顔の横で2つに結んでいた。ニコッと笑ったときに見える八重歯《やえば》がかわいらしかったが、それだけだ。ふだんから愛子を見慣《みな》れている渡辺にとって、どちらかといえば地味《じみ》なタイプの絵里子は、さして印象に残らなかった。

実は同じ学校の生徒で、家も近いとわかって、4人はよく一緒に帰るようになった。塾の勉強は大変だったけれど、帰り道にみんなでコンビニに寄《よ》って食べたアイスは格別《かくべつ》においしかったし、渡辺は絵里子と友だちになったことで、とても嬉《うれ》しい体験《たいけん》をした。

渡辺の幼馴染みの賢人は、イケメンで勉強もできるのに、それを鼻にかけることがなく、男にも女にも優しい。だから、賢人と一緒にいると、たいていの女子は彼《かれ》に夢中《むちゅう》になって、自分の存在《そんざい》は空気扱《あつか》いされることが多い。だけど、絵里子は違った。彼女はことあるごとに、「渡辺くんはどう思う?」と聞いてくれた。愛子以外で、こんなふうに話せる女子は初めてだった。仲良くなっていくにつれ、渡辺は絵里子のさりげない優《やさ》しさや、てらいのない笑顔を「かわいい」と思うようになっていった。

夏期講習が終わったあとも、渡辺たちは全員、塾に通い続けた。渡辺は、絵里子と一緒にいられる時間が増えたことが嬉しくて、よく彼女に話しかけた。塾の授業中でも、無意識のうちに、その後《うし》ろ姿《すがた》を目で追ってしまう。そんな日々を過ごしているうちに、渡辺は気づいた。

自分が話しかければ、絵里子はいつも笑顔で答えてくれる。でも、彼女《かのじょ》が切《せつ》なげな表情で見つめている相手は、自分ではない。その相手は賢人だった。

恋《こい》のライバルが賢人では、自分に勝ち目はない。だけど、渡辺はどうしてもあきらめることができなくて、ある日の帰り道、絵里子と二人きりになったタイミングを見計《みはか》らい、思い切って告白した。「絵里子のことが好きだ。僕《ぼく》とつき合ってほしい」と。

答えは、当然のようにNO《ノー》だった。「私、好きな人がいるから」と、断られてしまった。渡辺の青春は、一瞬《いっしゅん》にして終わりを……告げはしなかった。時間制限のある試合ではない。自分さえあきらめなければ、この恋は終わらないのだ。

絵里子は思いやりのある子で、告白したあとも渡辺を避《さ》けることなく、友だちとして、いつも通りに接してくれた。だけど、渡辺は告白する前の自分に戻《もど》ることなんてできなかった。「好きだ」と口にしてしまってからというもの、絵里子を愛《いと》おしいと思う気持ちは大きくなる一方で、渡辺は、ことあるごとに絵里子と二人きりになれる機会を作っては、「好きだ」と訴《うった》え続けた。

挨拶《あいさつ》のように「好きだ」と言われ続ける毎日の中で、絵里子はいつしか八重歯を見せて笑わなくなり、代わりに自分を見て、少し困《こま》ったような顔をするようになった。

渡辺は絵里子を困らせたかったわけではない。それでも、やっぱりこの気持ちをなかったことにはできなくて、「好きだ」と言い続けた。


そんなある日のこと。「好きだ」と、もう何度目になるかわからない告白をする渡辺に、絵里子は告げた。

「渡辺くん、そんなに私のことが好きなら、つき合ってもいいよ。ただし、これから私の言うことができたらね」

ついにチャンス到来《とうらい》！　渡辺は心の中でガッツポーズを取った。が、喜んだのも束《つか》の間《ま》。絵里子に連れて行かれた先で、彼女が提示した条件を聞くなり、絶望《ぜつぼう》のどん底につき落とされた。

「チャンスを3回あげる。3回のうち、1回でもこの川を飛び越《こ》えることができたら、渡辺くんとつき合ってもいいよ」

目の前には、幅《はば》が5m以上もある川が流れている。河原《かわら》には、助走をするのに十分なスペースがあったけれど、グラウンドのように整備《せいび》された地面ではなく、デコボコしている。ここから思い切り踏《ふ》みこめる自信が、渡辺にはなかった。そもそもこの川幅は、小学生に簡単《かんたん》に飛び越えられる距離《きょり》には思えなかった。しかし、渡辺に選択《せんたく》の余地《よち》はなかった。

無我夢中《むがむちゅう》で助走をつけて跳《と》ぶ。渡辺の体《からだ》は、天使のようにふわりと舞《ま》った——が、川の中ほどで、翼《つばさ》を失ったイカロスのように、盛大《せいだい》な水しぶきを上げながら墜落《ついらく》してしまった。

ビショビショになって川から這《は》い出してきた渡辺は、険《けわ》しい顔でその水面《みなも》をにらんだ。


それから数日後、渡辺は絵里子を河原に呼び出した。

準備《じゅんび》は万端《ばんたん》。この数日間、図書館で本を借りたり、ネットサーフィンをしたりして、走り幅《はば》跳《と》びのコツについて調べたのだ。さらに、自分でもいろいろ練習をしてみた。今度はうまくいくはずだ。

渡辺は、後ろで見ている絵里子に向けて力強くうなずき、河原を走りだした。利《き》き足《あし》で地を蹴《け》り、勢いよく前に飛び出す。

ふわっと感じた、一瞬の無重力。渡辺の体は宙《ちゅう》を舞《ま》い——バッチャンと、この間より派手《はで》な音を立てて川に飲みこまれた。

やっぱり何事も付《つ》け焼《や》き刃《ば》ではうまくいかない。渡辺は途中《とちゅう》でバランスを崩《くず》し、半分よりもはるか手前で川に落ちてしまったのだ。

そして、いよいよ3回目にして、最後のチャレンジ。これで失敗したら、もうあとがない。

朝食はしっかり食べたし、ストレッチもふだんの倍《ばい》の時間をかけてやった。後ろの河原では、絵里子が最後のチャンスを見守っている。舞台《ぶたい》は整った。最後に頼《たよ》れるのは、自分の両足だけ。

渡辺は大きく息を吸《す》い、助走をつけて川べりギリギリで踏《ふ》み切った。時間にすれば、ほんの一瞬のことだ。それなのに、自分の体が水面に濃《こ》い影《かげ》を落としたのが見える。そして——足の裏《うら》に触《ふ》れたのは、頼《たよ》りない水面ではなかった。水しぶきも上がらない。そこに感じたのは、しっかり固《かた》められた土と草。

「……やった！　俺《おれ》はついにやったぞ!!」

歓喜《かんき》の爆発《ばくはつ》が渡辺を襲《おそ》った。自分はすべてを手に入れたのだ。絵里子とつき合う権利《けんり》も、努力して川を飛び越えた経験《けいけん》も。渡辺にとっては、両方とも大切なことだった。

興奮《こうふん》さめやらぬまま振り向くと、対岸の川べりに詰《つ》め寄《よ》った絵里子が、泣き笑いの表情で自分を見ていた。渡辺は、服についていた土ぼこりを払《はら》うと、せっかく飛び越えたばかりの川に飛びこみ、バチャバチャと音を立てながら、川の中を大またで対岸に向かって歩いていった。水滴《すいてき》を払うことも忘れ、夢中《むちゅう》で絵里子のもとに駆《か》け寄《よ》る。

渡辺の背《せ》が伸《の》びたせいで、もともと小柄な絵里子が、目線を合わせるために一生懸命《いっしょうけんめい》首を伸《の》ばしている。その姿《すがた》を愛らしく思いながら、渡辺はふと真剣《しんけん》な表情に戻って告げた。

「初めて会ったときから、ずっと好きでした。俺とつき合ってください！」

「……はい、喜《よろこ》んで」

絵里子が真《ま》っ赤《か》になりながら、コクンとうなずく。言葉にならない喜びが、渡辺の全身を貫《つらぬ》いた。今この瞬間《しゅんかん》を、自分はどれだけ待ちわびたことか……！

ためらいがちに、絵里子の手を取る。彼女は渡辺の手を強く握《にぎ》り返し、八重歯をのぞかせながらニコッと笑いかけてくれた。初めて会った、小学生の頃と変わらぬ笑顔で。

渡辺は、恋《こ》い焦《こ》がれ、追い続けて、ようやく手に入れた宝物《たからもの》をギュッと力強く抱《だ》きしめた。

2回目のチャレンジに失敗してから、実に10年が過ぎていた。どうしても絵里子をあきらめられなかった渡辺は、最後となる3回目のチャレンジにすべてを賭《か》けることにした。そこで、焦《あせ》る気持ちを抑《おさ》え、万が一にも失敗することのないよう、今までの10年間――中学、高校、大学のすべてで陸上部に所属し、走り幅跳びの猛《もう》練習を重ねてきたのだ。

自分には、人気俳優になった賢人のような華《はな》やかさはないけれど、絵里子と神様は、真面目《まじめ》で一途《いちず》な自分の姿を見ていてくれた。ついに努力は報《むく》われ、願いが叶《かな》ったのだ！

午後の授業と職員会議を終え、その日、渡辺が永和学園《えいわがくえん》から家に戻《もど》ったのは、午後7時を過ぎた頃だった。先に帰宅《きたく》した妻の絵里子は、キッチンで夕飯の準備をしているらしい。渡辺が玄関《げんかん》先から「ただいまー」と声を掛《か》けると、エプロンをつけたまま迎《むか》えに出てきてくれた。

絵里子が「お帰りなさい」と言って、八重歯をのぞかせながらニコッと笑う。昔から変わらぬその笑顔を見ていると、愛しさがこみ上げてきて、渡辺は絵里子を抱きしめた。

「絵里子、好きだよ。いいや、愛《あい》してる」

「急にどうしたの？」

「ちょっと昔を思い出してね。あのとき、3回目のチャレンジで、川を跳《と》び越《こ》えることに成功できて、本当によかったよ。あそこで失敗していたら、こんなに幸せな家庭を築《きず》くことはできなかったんだから」

渡辺が、これが現実であることを確《たし》かめるように、絵里子を抱きしめる腕に力をこめた。そのとき、クスッという笑い声が、腕の中で上がった。

「それって、何の冗談《じょうだん》？　あなたが3回目のチャレンジで失敗したとしても、私はあなたとつき合う気でいたのに」

「え？」

初めて聞く話に、渡辺の思考が一瞬停止《いっしゅんていし》する。混乱している自分の顔を腕の中から見上げ、絵里子はとっておきの手品《てじな》が成功したマジシャンのように、イタズラっぽくほほえんだ。

「あなたは、小学生の私が思いつきで言ったような約束《やくそく》をバカ真面目に信じて、川を跳び越えるための努力を続けてくれた。私のことだけを、ずっと何年も思い続けてくれた。そんなあなたに、私は恋をしたのよ。あなたがチャレンジに失敗して告白できなくなったとしても、私があなたに告白をしていたわ。だから、この幸せな現実が変わることはないのよ」

1
2
3

真実の行方《ゆくえ》

救急車のサイレンが、平穏《へいおん》な日常を切《き》り崩《くず》す。

昼下《ひるさ》がりの中学校では、1年3組の生徒たちがベランダから鈴《すず》なりになって身を乗り出し、校庭を見ていた。彼《かれ》らの担任《たんにん》教師は、その視線《しせん》の先にいる。いや、正確には、救急隊《たい》のストレッチャーで運ばれていく男子生徒の横について走っている。

その男子生徒の顔は、幽霊《ゆうれい》のように青白く、遠目《とおめ》にも生気《せいき》を感じられなかった。今日の昼休みに、彼は「トイレに行く」と言って教室を出て行ったきり、いつまで経っても帰ってこなかった。そこで、午後の授業を教えに来た担任が、心配して様子《ようす》を見に行ったところ、個室《こしつ》の中でぐったりしている姿《すがた》で発見されたのだ。

昼休みが始まるまではピンピンしてたのに、なぜ急にこんなことになったのだろう？　倒《たお》れる前に、彼の身に何があったのか？

不穏な空気が立ちこめる中、ベランダに出ていた生徒たちが、誰《だれ》からともなく教室の中に視線を戻《もど》していく。彼らの目が向けられた先には、一人《ひとり》の男子生徒がいた。こんなときでも外に出ることなく、ずっと自分の席に座《すわ》っている。その表情の読めない顔を前にして、1年3組の生徒たちは、背筋《せすじ》に冷たいものが走るのを感じた。

いつもと同じ放課後、いつもと同じ部室に、いつもと同じ悩《なや》み解決部のメンバーが集まっている。しかし、その日、部室を満たす空気は、しびれるような緊張感《きんちょうかん》を伴《ともな》っていた。

美樹《みき》はドキドキする胸《むね》を押《お》さえながら、目の前のイスに座っている女子生徒を見つめた。彼女《かのじょ》の名前は、九条七海《くじょうななみ》。美樹たちより1つ上の3年生で、つやのあるストレートの黒髪《くろかみ》がきれいな人だ。ただ、美樹が緊張しているのは、彼女が美人だからではない。彼女が自分たちを前にして、真剣《しんけん》な顔つきで、深く頭を下げているからだ。

七海が膝《ひざ》の上で拳《こぶし》をギュッと握《にぎ》りしめる。やがて、彼女は思い詰《つ》めたような声で叫んだ。

「悩み部のみんなには、学校外での相談をして悪いと思ってる。だけど、お願《ねが》い！　助けて！　でないと、弟は――航《わたる》は無実なのに、学校でみんなから疑《うたが》われ続けてしまう！」

その後、動揺《どうよう》している七海をなだめ、彼女から教えてもらった話によると、事件が起きたのは昨日《きのう》の昼過ぎだという。七海の弟の航が通っている中学校で、同級生の倉橋《くらはし》一馬《かずま》が倒れたのだ。下痢《げり》や嘔吐《おうと》などの症状《しょうじょう》が見られたことから、学校側は最初、食中毒を疑《うたが》ったらしい。だが、一馬がその日、食べていた購買部《こうばいぶ》のパンと同じものを買った生徒の中で、体調を崩《くず》した者はいなかった。そこで、次に一馬の飲んだお茶が疑われた。

その中学校では、お昼休みの始めに、麦茶《むぎちゃ》の入ったヤカンを各クラスに配っているという。お茶を飲みたい生徒は自分たちでコップを用意し、ヤカンから自分の分を注いで飲むのだ。

昨日、航は、一馬を含む友だち3人と自分のために、お茶をくみにいったという。そのお茶を飲んだ直後から、一馬の様子がおかしくなった。だが、お茶を飲んだほかの生徒たちには、何の問題もなかった。

結局、学校側は、一馬が口にしたものにはすべて異常《いじょう》がなかったという結論《けつろん》に達し、単なる一生徒の体調不良として、この事件を処理《しょり》した。しかし、生徒たちの見解は違《ちが》った。なぜか、その理由まではわからないが、一馬も、その友人たちも、「航が一馬のお茶に何か入れたのではないか」と疑っているという。七海はこの疑いを晴《は》らしたいというのだ。

「先輩《せんぱい》、状況《じょうきょう》はわかりました。ただ、今の話を聞く限り、一馬くんの体調不良が原因でなかったとしたら、航くんが怪《あや》しいと思われるのは、しょうがない気がするんですけど……」

「エリカ！」

親友の正直な感想を、美樹はあわてて横からたしなめた。今の話に事件性があると仮定《かてい》した場合、「航が怪しい」という感想には一理ある。単純《たんじゅん》に考えた場合、航の入れたお茶を飲んで一馬の調子がおかしくなったというのであれば、航がお茶に何か細工《さいく》を施《ほどこ》したと考えるのが、妥当《だとう》であるからだ。しかし、今の時点で、航が犯人だと考えるのは早計《そうけい》すぎる。

「えーと、その……先輩が、航くんは犯人《はんにん》でないと考える理由は何ですか？」

航の実の姉に向かって、こんな質問をするのは気まずくて、美樹はためらいがちに尋《たず》ねた。

だが、七海は、そういった反応を予想していたのか、ハキハキとした声で答えた。

「藤堂《とうどう》さんたちが、航を怪しいって思う気持ちはわかるよ。私だって、航とは無関係の人間で、今日初めてこの話を聞いたとしたら、同じ反応をしたと思う。だけどね、私は二つの理由から、航は犯人じゃないと思ってるんだ。まず、一つ目の理由だけど、事件が起きたときの状況から見て、航が一馬くんをピンポイントでねらうことは不可能《ふかのう》なんだよ」

「どうしてですか？　だって、一馬くんにお茶を渡《わた》したのは航くんなんですよね？」

エリカの疑問《ぎもん》に対し、七海は静かに首を横に振《ふ》った。

「航たちは、教室に紙コップのストックを置いていて、それを使って毎日お茶を飲んでいるんだって。昨日、航は、お茶を入れた紙コップを4つトレーの上に乗せて、みんなのところへ持っていったらしいんだ。それから、一馬くんも含《ふく》む3人の友だちに好きなコップを取って、中のお茶を飲んでもらったんだって。航自身は、最後に残ったお茶を飲んだって聞いたよ」

「つまり、航も含め、誰《だれ》が問題のお茶を飲んでもおかしくない状況だったわけですね？」

今まで黙《だま》って話を聞いていた要《かなめ》が口を開く。七海は「そう」とうなずき、続けた。

「今の話からもわかるように、4つの紙コップの中から、最初に自分のコップを選んだのは、一馬くん自身なんだよ。さらに言えば、そもそも航には、一馬くんをねらう動機なんてないし……あ、これが、航は犯人じゃないと私が思う二つ目の理由ね」

「航くんは、どんな性格《せいかく》の子なんですか？　被害者《ひがいしゃ》の一馬くんとは、友だちなんですよね？」

エリカが尋《たず》ねる。七海はあごに人差《ひとさ》し指《ゆび》を押《お》し当て、考えながら答えた。

「航は、まぁ、ボーッとした子だよ。友だちと遊ぶより、家で一人で本を読んでいるほうが好

きなタイプ。でも、中学で一馬くんに会ってからは、外で一緒《いっしょ》に遊ぶことも多くなったんだ」

「なるほど。それで、被害者の一馬くんのほうは、どんな子ですか？」

「私《わたし》も１回しか会ったことがないから、詳《くわ》しいことは知らないんだけど、すごく礼儀《れいぎ》正しくて、面倒見《めんどうみ》のいいお兄ちゃんって印象だったな。学級委員長をしているせいか、航みたいにクラスで孤立《こりつ》してる子を放っておけないって言ってた」

「航くんは、一馬くんのおかげで、クラスに溶《と》けこめるようになったってことですか？」

「そうだね。最近は、休み時間のたびに一馬くんが話しかけたり、遊んでくれたりしてるみたいだよ」

「そうですか……」

七海の回答に、エリカが困惑《こんわく》した顔つきで黙《だま》りこむ。話を聞いているうちに、美樹も混乱《こんらん》してきた。今の話が正しいとしたら、七海が言うように、航が一馬をねらう理由はないし、一馬自身も恨《うら》みを買うような性格ではなさそうだ。それなのに、一馬やその友人たちは、なぜ「航が一馬のお茶に何か入れた」と言っているのだろう？

ついでに言えば、一馬がお茶を飲んだときの状況も気になった。何しろ航は、問題のお茶を一馬に手渡ししたわけではないというのだ。

「お茶をくんだのは航だとしても、航が目を離《はな》したスキに、別《べつ》の人がお茶に何か入れることはできるよね？」

そう考えたのは、自分だけでなかったらしい。要が疑問《ぎもん》を口にする。しかし、美樹は要の意見に、力なく首を横に振って言った。

「私も最初に要くんと同じことを考えたよ。だけど、これが航くん以外の第三者の犯行だったとしても、やっぱり一馬くんをピンポイントでねらうことはできないと思うんだ。犯人は4つのコップのうち、どれを一馬くんが選ぶかわからなかったんだから」

「じゃあ、すべて一馬の自作自演《じさくじえん》だったっていう可能性は？　自分でお茶に何か入れて、それを飲んで大騒《おおさわ》ぎしたとか」

「ハイド、それはないわ。そんなことをして、一馬くんが得《とく》することって、何かある？」

エリカのツッコミに対し、要が「みんなに注目してもらいたかったから……？」と、めずらしく歯切れの悪い説明をする。だが、七海から聞いた一馬の性格は、そんなことをする人間ではないように思えた。要も、そのことはわかっていたらしい。

みんなして、答えが見つからずに黙《だま》りこむ。このままでは行き詰まりそうだと思った。そのとき、部室の隅《すみ》で、パンパンと手をたたく音が上がった。

全員が一斉《いっせい》に振《ふ》り向《む》く。その先では、隆也《たかや》が読みかけの本をテーブルの上に置き、こちらを見ていた。彼は、その場にいる全員の視線を一身に浴《あ》びても、眉《まゆ》一つ動かすことなく、いつもの無機質な声で告げた。

「いくらここで議論《ぎろん》を続けたところで、何も解決しない。こういう事件の調査で真っ先にやるべきことは、関係者への聞きこみだろう？　違うか？」

誰一人として、異論はなかった。隆也に最後のまとめを奪《うば》われたエリカも、おもしろくなさそうな表情をしてはいても、結局、何も言わなかった。

やがて、静まりかえった室内で、七海が再《ふたた》び深々と頭を下げて言った。

「みんな、お願い！　うちは両親が共働《ともばたら》きで、私も今年は受験で忙《いそが》しくて、航にあまり構ってやれないでいるうちに、こんなことに巻《ま》きこまれちゃって……お願い！　航を助けて！」

それから１時間後、美樹とエリカの二人は病院に来ていた。

「この病院、久しぶりね。大輔《だいすけ》のお見舞《みま》いに来たとき以来だわ」

そう言うエリカの手には、パステルカラーのかわいらしい花束《はなたば》がある。悩み解決部の部室で相談を受けたあと、受験生の七海は塾《じゅく》があるというので早々に帰り、隆也と要も、今日は別な用事があるというので、先ほど別れた。そのため、今日は美樹たちだけで入院中の一馬を見舞い、事情を聞くことにしたのだ。

コンコンと扉《とびら》をノックしてから、一馬が入院している個室に入る。一馬は窓際《まどぎわ》のベッドに寝《ね》ていた。目鼻立ちの整った少年で、腕《うで》に点滴《てんてき》をしている。

当然のことだが、一馬は初めて会う女子高生たちの来訪《らいほう》に驚《おどろ》いたようだった。しかし、エリカが、七海の名前は伏《ふ》せたまま、「知り合いに頼《たの》まれて、調査の手伝いに来た」と話すと、事情を察《さっ》してくれたようだった。美樹は、一馬が誰かを呼《よ》ばなかったことにホッとし、エリカと一緒にベッド脇《わき》のソファーに腰《こし》かけた。

「うちの学校の問題なのに、高校生の皆《みな》さんにまでご迷惑《めいわく》をおかけして、申《もう》し訳《わけ》ありません」

そう言って、ベッドの上に体を起こした一馬が頭を下げる。そのしぐさは中学生なのにしっかりしていて、見ているこちらのほうが恐縮《きょうしゅく》してしまう。美樹が何度も「顔を上げて」と言ったことで、一馬はようやくベッドに上半身を戻《もど》した。その様子を見て、出番を待っていたエリカが切り出す。

「早速《さっそく》で悪いけど、詳《くわ》しい話を聞かせてね。まずは一昨日《おととい》、例の事件が起きるまで、あなたはどこで何をしていたの？」

すっかり刑事《けいじ》の気分になっているらしい。エリカが手帳を取り出し、右手にペンを持って、話を聞く態勢《たいせい》に入る。いろいろとツッコミどころ満載《まんさい》のしぐさだったが、一馬は気にせず、丁寧《ていねい》な口調で答えた。

「事件のあった日、とりたてて変わったことはありませんでした。いつものメンバーでお昼を食べようとしていたら、航が紙コップに全員分のお茶をくんできてくれたんです。そこで僕が最初にコップを取って、お茶を飲みました。そうしたら、だんだんお腹《なか》が痛《いた》くなって……トイレから出られなくなるし、気持ち悪いし、大変でした」

「ふんふん。それで、そのとき怪《あや》しい人影《ひとかげ》は見なかった？」

「特に何も……」

一馬が答えている間中、美樹は彼の顔をじっと見つめていた。とても誠実《せいじつ》な受け答えをする少年で、ウソをついているようには思えない。美樹は「せっかく病院まで来たけど、何の収穫《しゅうかく》もなしか」と思って、肩《かた》を落とした。そのとき、一馬が「あのー」と、ためらいがちに話しかけてきた。

「あまり人のことを悪く言いたくないんですけど、僕《ぼく》、今回の犯人は航だと思うんです」

「え、どうして？　あなたたちは友だちなんでしょ？　なんで航くんが、あなたをねらうの？」

「友だちだと思ってましたよ。少なくとも、僕のほうは……」

一馬の意味深《いみしん》なセリフに、美樹とエリカは一緒になってソファーから身を乗り出した。一馬は深いため息をつき、一つひとつ言葉を選ぶように、ゆっくり話し始めた。

「僕が航と最初に会ったのは、今年の4月でした。はっきり言って、入学したての頃《ころ》から、航はクラスで浮《う》いていました。航は自分の席に座って、ずっと本を読んでいるだけで、誰とも話そうとしないんです。僕は昔からお節介《せっかい》なところがあって、航みたいな奴《やつ》がいると放っておけないんです。だから、航にも声をかけて、友だちになったつもりでいたんですけど……航には、それがうざかったのかもしれません。実は僕、この間、見ちゃったんです」

「何を？」

エリカがじれったそうに問う。一馬はすぐには答えず、個室の中でも、辺《あた》りを気にするように左右に視線を走らせ、声をひそめて続けた。

「先週、学校の近所の本屋で、航を見かけたんです。声をかけたら、航の奴、持っていた本をあわてて後ろに隠《かく》して……タイトルはよく覚えていませんが、毒草《どくそう》関係の本だったと思います。そのコーナーには、ほかにも毒草とか薬草とかの本がたくさん置《お》かれていましたから」

「つまり、今回のことは航くんによる計画的な犯行だったと、あなたは言いたいわけね？」

「……はい」

一馬が静かに、しかしきっぱりとうなずく。美樹たちは、一馬にもっと詳《くわ》しいことを聞きたかった。だけど、それ以上の質問はできなかった。看護師《かんごし》が来て、「これから一馬くんは着替《きが》えるので、外で待っていてください」と言われたのだ。すっかり忘《わす》れかけていたが、一馬は病人なのだ。そう思うと、長い時間、続けて話をさせることはためらわれ、結局、美樹たちはまた来ることを約束して、今日はもう帰ることにした。

病室を出る直前、一馬は再び美樹たちに頭を下げて言った。

「今日は、ありがとうございました。僕も、事件の真相を知りたいです。だけど、どうか航のことは責めないでやってください。あいつ、あんな大それたことをする割《わり》には、気が弱くて、泣《な》き虫《むし》なんです」

翌日《よくじつ》の放課後、美樹たち悩み解決部のメンバーは、全員で七海の家に向かった。今度は、事件の容疑《ようぎ》者とされている航の話を聞くことにしたのだ。こういう場合、一方の意見だけを聞いてはいけない。両者の言い分を聞いた上で、状況を整理することが大切だ。

七海の家は、駅から歩いて15分以上もかかる住宅街《じゅうたくがい》の中にあった。駅からちょっと遠いくらいなら、別に構わない。だけど悲惨《ひさん》なことに、美樹たちは歩いている途中《とちゅう》で通り雨に遭《あ》ってしまった。

「最低！　今朝《けさ》の天気予報では、降水確率《こうすいかくりつ》は10％だって言ってたのに！」

「エリカ、文句《もんく》を言ってるヒマがあったら、走ったほうがいいよ！　隆也くんと要くんも急いで——」

美樹は後ろを振り返り、絶句した。雨が激《はげ》しく頬《ほお》を打つ中、要はいつもと同じ笑顔《えがお》で、のんびり歩いている。「アメリカでは、あまり傘《かさ》を差さないんだよねー」というのが、彼の言い分らしい。その隣《となり》では、カバンから折りたたみ傘を取り出した隆也が無表情に歩いていた。「クライアントは守るべし」という意志が働いているのか、傘の中に七海だけ入れている。美樹も、その姿勢《しせい》には賛成だったが、七海自身は困《こま》った顔で、隆也と美樹たちの顔を見比べていた。

「ゴメン、藤堂さんたち。私だけ傘に入れてもらっちゃって……」

「いいんですよ、先輩はクライアントですから。それより、雨足《あまあし》が強くなってきたので、先輩の家がどこか、先に教えてもらってもいいですか？」

「もちろん！ うちは2つめの角を右に曲がったところにある、花壇《かだん》で囲まれた家だよ！」

美樹とエリカは互《たが》いに顔を見合わせ、うなずくと、カバンを頭に乗せて走りだした。水たまりに足をつっこんだせいで、スカートまでビショビショに濡《ぬ》らしながら、それでも止まらずに、一気に走る。

角を曲がったところで、軒先《のきさき》に立派《りっぱ》な花壇を並《なら》べている一軒家《いっけんや》が現れた。七海の母は園芸が趣味《しゅみ》で、季節ごとに様々な花を育てていると、あとになってから聞いた。今も、花壇にはピンクや紫《むらさき》の可憐《かれん》な花々が咲《さ》いている。しかし、今の美樹たちには、ゆっくり花を愛《め》でている余裕《よゆう》がなかった。

家の中に駆《か》けこんだときには、頭からつま先までぐっしょり濡《ぬ》れていた。このままだと風邪《かぜ》を引いてしまう。遅《おく》れてやってきた七海も、美樹たちと同じことを心配したらしい。おかげで、タオルだけでなく、シャワーと着替えまで貸《か》してもらえることになった。

「先輩、ありが……ふえっくしょん！」

「藤堂さん、お礼はいいから！　早く暖《あたた》まって！」

七海に強くうながされ、エリカが豪快《ごうかい》なくしゃみを連発しながら、洗面所《せんめんじょ》に向かう。その後ろに、美樹も続いた。

洗面所は、七海の家の中で一番奥《おく》にあった。エリカが扉《とびら》を開ける。次の瞬間《しゅんかん》、後ろからついていっていた美樹は、エリカの背中《せなか》に鼻をぶつけてしまった。

「エリカ？　急にどうしたの？」

もしかして、一般《いっぱん》家庭における洗面所の狭《せま》さにショックを受けているんじゃないだろうか？

美樹は一瞬、そんな心配をした。だが、違った。

エリカの肩越《かたご》しに洗面所をのぞく。美樹は思わず「あっ！」と声を上げた。そこには先客がいたのだ。七海の弟の航だろうか。顔にあどけなさを残す、線の細い少年が、こちらを見て目を丸くし、固まっている。彼は、今まさに風呂《ふろ》から上がったところらしく、腰《こし》に巻《ま》いたバスタオル以外、何も身につけていない。

「ご、ごめんなさい！」

美樹は反射的《はんしゃてき》に謝《あやま》って、洗面所の外に出ようとした。しかし、エリカは違った。彼女は険《けわ》しい顔つきで、ツカツカと航に詰《つ》め寄《よ》ったのだ。

航がギョッとして、風呂場に逃《に》げこもうとする。その腕をつかんで、エリカは静かに問《と》い質《ただ》した。

「あなた、そのアザはどうしたの？」

「エリカ？　アザって……あっ！」

エリカに言われて、美樹は初めて気づいた。航の肩《かた》のつけ根や、お腹《なか》の近くなど、ちょうど服を着ていたら隠《かく》れるような位置に、青黒いアザがいくつも広がっていたのだ。

「誰かに殴《なぐ》られるか、蹴《け》られるかしなければ、普通《ふつう》そんなところに、そんなにたくさんのアザなんてできないわ。あなた、誰にやられたの？」

エリカが、航の腕をつかむ手に力をこめる。航は、エリカの顔を上目遣《うわめづか》いににらみ――つかまれていた腕を力任《ちからまか》せに振りほどいた。エリカの体がよろめく。そのスキをつき、航はエリカと美樹の横をすり抜け、洗面所の外に飛び出していった。

七海が「航!?」と呼び止める声が聞こえる。しかし、航は立ち止まらず、2階にある自分の部屋に駆《か》けこみ、そのまま中に閉《と》じこもってしまった。

それから30分後、美樹たちは全員で、七海の家のリビングに集まっていた。

エリカが真剣な顔つきで、先ほど見た航の「アザ」について語る。その話を聞いた七海は、血《ち》の気《け》の失《う》せた顔で絶句し、要の顔からはいつもの笑みが消えた。隆也だけは、いつもと同じ無表情だったけれど、心なし、その顔つきが険《けわ》しくなった気がする。

しんと静まりかえったリビングで、隆也がゆっくり口を開いた。

「今の藤堂エリカの話が本当であるとするなら、考えられる可能性は2つだろう。九条航は、家庭内暴力にあっているか、学校で何らかのトラブルに巻《ま》きこまれているか。まず、家庭内暴力のほうだが……」

皆の視線が七海に集中する。七海は我《われ》に返り、勢いよく首を横に振《ふ》った。

「絶対にない！　うちの両親は、子どもが問題を起こしたときには、とことん話し合うタイプだよ。私も、親に殴《なぐ》られたことなんて一度もないから！」

七海はウソをついていないだろう。弟の心配をして、わざわざ悩み解決部に相談に来るような人が、家庭内での暴力を見過《みす》ごすはずがない。

「そうすると、アザの原因は学校でのトラブルだね。考えられるのは、ケンカや教師の体罰《たいばつ》、それと……イジメかな」

要が、含みのある物言いをする。それを聞いた七海が、思い切り嫌《いや》そうに顔をしかめた。

「航が私以外の人とケンカしてるところなんて、見たことないよ。むしろ、航は自分の意見をもう少し人前で主張したほうがいいくらいだし……それに、体罰もないと思う。そんなことがあったら、うちよりもっと過保護な親が、先に学校を訴《うった》えてると思うんだ」

「じゃあ、アザの原因は、親や教師から隠れて行われているイジメだね。もし仮に、航をいじめていたのが一馬だとしたら、少なくとも、今回の事件における動機の部分は説明がつくよ。航は、自分をいじめていた一馬のことを恨《うら》んで、お茶に何か変なものを入れたんだ。どう？　わかりやすい話だよね？」

「ちょっと待って！　ハイド、それはないわ」

リビングの真ん中で、抗議《こうぎ》の声が上がる。声の主はエリカだった。

「私と美樹は昨日、一馬くんに会ったけど、一馬くんはいかにも爽《さわ》やかな優等生《ゆうとうせい》って感じの子だったわよ。あの子、イジメなんてするようには見えないわ」

「それじゃあ、ほかの誰かが航をいじめてるのかな？」

「今の状況で、そこまではわからないわ……」

エリカがくやしそうな顔で言う。美樹は、昨日会った一馬のことを思い出した。エリカの言う通り、一馬はイジメとは無縁《むえん》のように見えた。それどころか、航のことを気遣《きづか》っているようにすら感じられた……やっぱり、一馬は無関係な気がする。

それに万が一、航が一馬に復讐《ふくしゅう》したと主張するのであれば、その前に解《と》かなければならない謎《なぞ》があったはずだ。美樹は押《お》し黙《だま》った一同の顔を見て、口を開いた。

「ねぇ、みんな。仮《かり》に航くんが一馬くんに仕返しをしたいと思って、異物《いぶつ》の混入されたお茶を学校で用意したとするよ。でも航くんは、それをどうやって一馬くんに飲ませたの？」

「そういえば、そうね……」

エリカが、今やっと思い出したようにつぶやく。美樹はその反応に勇気を得て、続けた。

「事件のあった日、航くんがお茶のコップを選んで、それを一馬くんに渡したわけじゃないんだよ。航くんが用意した4つのコップの中から、問題のあるお茶を選んだのは、一馬くん自身だったんだよね。残り3つのお茶は異常なかったみたいだし……そういう不確実な状況下で、航くんはどうやって一馬くんへの復讐を成功させたの？」

「それは……」

エリカと要が答えに窮《きゅう》し、口をへの字に曲げる。そのとき、ソファーの端《はし》のほうから、低く落ち着いた声が聞こえてきた。

「こういう場合には、もう一度、関係者全員に話を聞いて、状況を整理し直す必要があるな」

声のしたほうに顔を向ける。そこには、腕を組み、何か思案《しあん》するように、両の目を軽く閉《と》じている隆也がいた。

「九条七海、お前には覚悟《かくご》を決めてもらう必要がある。真相を究明《きゅうめい》するにあたって、九条航が犯人である可能性だけを排除《はいじょ》して考えるわけにはいかないからな。いいな？」

「うん、そうだね……わかったよ……」

話の途中《とちゅう》から青ざめていた七海が、震《ふる》える声で答える。弟がいじめられていた可能性や、さらには彼が今回の事件の犯人である可能性まで示唆《しさ》され、ショックだと思う。それでも七海は、最後にはきっぱり自分の意見を告げた。

「私は、航があんな事件を引き起こす子じゃないって信じてる。でも、みんなは、どうか私のことは気にせずに調査を進めて。私も、事件の真相を知りたいから」

「九条七海、お前の立場は理解した。明日、俺《おれ》も倉橋一馬の病室へ行く。お前には、そこへ弟の九条航を連れてきてほしい」

「わかった。学校が終わったら、すぐに航を連れて行くよ」

七海が真剣な面持《おもも》ちで請《う》け負《お》う。

そのあとも、美樹たちは事件を解く手がかりを探《さが》して、七海から航の小学校時代の話を聞いたり、アルバムを見せてもらったりした。しかし、このメンバーでは吟味《ぎんみ》できる情報に限界があり、不穏《ふおん》な気配《けはい》を残したまま、その日の調査は終了《しゅうりょう》となった。

翌日は雨こそ降らなかったが、朝からやたらとジメジメしていて暑い日だった。

美樹たち悩み解決部のメンバーは、授業が終わってすぐ、一馬の入院している病院に向かった。だが、病室へ直行したわけではなかった。

「こんなに暑いと、熱中症《ねっちゅうしょう》になりそう……何か飲み物を買ってくるけど、美樹もいる？」

病院に着くなり、エアコンの下で息を吹《ふ》き返したエリカが、額《ひたい》に浮《う》かんだ汗《あせ》をハンカチでふきながら聞いてくる。見ると、エリカの足はすでに売店のほうを向いている。七海が航を連れて来るまでにはまだ時間があるし、大丈夫《だいじょうぶ》だろう。

「隆也くん、要くん、ちょっと待ってて。私もエリカと一緒に売店に寄って行くから」

美樹は、後ろからついてきている男子二人に向かってそう言うと、エリカのあとを追って、売店に向かった。

さすが総合病院の売店だけあって、その店ではガーゼや包帯《ほうたい》などの医療品《いりょうひん》から、お弁当やアイスに至《いた》るまで、様々なものが売られていた。美樹は、放っておくと、ついアイスに目が行く自分の動きを必死で抑《おさ》えた。

これから一馬のお見舞いに行くのだ。アイスを食べて、優雅《ゆうが》にくつろいでいる場合ではない。ここはペットボトルの飲み物で十分だ。

美樹は自分にそう言い聞かせると、エリカと一緒に、ドリンクコーナーに向かおうとした。

そのとき、視界《しかい》の隅《すみ》に見知った制服《せいふく》を見つけ、ふと動きを止めた。永和学園《えいわがくえん》の制服ではない。

それを見たのは、七海が見せてくれたアルバムの中だ。

タータンチェックの青いズボンに、白シャツに映《は》える赤いネクタイ――航が通っている中学校の制服を着た男子が、二人でお菓子《かし》を物色《ぶっしょく》していた。

「一馬くんのお見舞いかしら？　えらいわねー」

実際にはさして感心していなさそうな口調《くちょう》で、エリカがつぶやく。そのまま二人して、男子たちの後ろを通り過ぎようとした。その途中《とちゅう》で、美樹は再び足を止めた。

今、航くんの名前が聞こえた気がしたけれど……。

空耳《そらみみ》ではなかったらしい。隣《となり》を歩いていたエリカも立ち止まり、男子たちのほうを見ている。

その耳に、男子たちの話し声が聞こえてきた。

「航の奴、何様のつもりだ？　とんでもないことをしやがって！」

そう毒《どく》づいたのは、男子二人の片割《かたわ》れだった。彼は、いったい何の話をしてるのだろうか？

その場から動けずにいる美樹の耳に、もう一人の男子が「ホントだよな！」と、大声で同意するのが聞こえた。

「航のくせに、あんなことをしでかすなんて、なに考えてんだろうな？　あいつ、ただじゃ済《す》まさねぇよ！」

「今度はどんなバツを与《あた》える？　最新作を考えようぜ」

「いいね、それ！　今度こそ、俺たちに刃向《はむ》かう気が完全に失せるようなやつにしよう！」

男子たちが手をたたいて盛《も》り上がる。その言動は、どう考えても航の友だちではない。まさかこの男子たちが、航の体にアザを作った張本人《ちょうほんにん》だろうか？

美樹は男子たちを呼び止め、事情を聞こうとした。だが、その必要はなかった。男子たちの会話がピタッと止まる。エリカが後ろから二人の肩《かた》をがっしりつかんだのだ。

ギョッとしている二人に向け、エリカがすごくいい笑顔で話しかける。

「あなたたち、お姉さんたちに、ちょーっと話を聞かせてもらえないかしら？」

それから30分後、一馬の入院している病室に、悩み解決部の４人と、九条姉弟の総勢《そうぜい》６人が集まった。

ポテチ

「これで役者はそろったな。これより、3日前に起きた異物混入事件の真相を明らかにする」

朗々《ろうろう》とした隆也の宣言《せんげん》を受け、エリカが部屋の隅《すみ》でうつむいている航の前に進み出た。

「最初に確認《かくにん》しておきたいんだけど、航くん、あなたは今の中学校に入学してから、ずっといじめられていた。この事実に、間違いはないわね？」

「航、本当なの!?」

航の後ろに立っていた七海が、青ざめた顔で弟を問《と》い質《ただ》す。きっと彼女としては、航がいじめられていたというのは、一番考えたくない可能性だったのだろう。同じ弟を持つ身として、美樹にはその気持ちがよくわかった。しかし、ここで話をやめるわけにはいかない。

航は目を伏《ふ》せたまま、じっと黙《だま》っている。エリカは航を勇気《ゆうき》づけるように、わずかにかがみ、航と目線を合わせて続けた。

「本当のことを言って大丈夫よ。真実を告げたせいでイジメが悪化する、なんて事態には絶対に陥《おちい》らないようにするから。航くん、あなたはいじめられていたのよね？　ここにいる一馬くんを主犯とする、同級生たちに！」

「ちょっと待ってください、藤堂さん！」

焦燥《しょうそう》を含《ふく》んだ声が上がる。声の主は、ベッドから勢いよく上半身を起こした一馬だった。

「僕が航をいじめてたって、何を言ってるんですか!?　そんなこと、あるわけじゃないですか！　言いがかりはよしてください！」

「あなたは黙ってて！　私は今、航くんに話を聞いてるの！　航くん、どうなの？」

航は答えない。ずっと下を向いたまま、何かに耐《た》えるように唇《くちびる》をかみしめている。

「お願い、航！　本当のことを教えて！」

七海が必死の形相《ぎょうそう》で話しかける。航が姉の顔をチラッと見上げた。その視線が、途方《とほう》に暮《く》れたように空中をさまよい——ためらいにためらった末、一馬の顔の前で止まった。

向かい合う者同士、互《たが》いに見つめ合う。航の目の奥に、地獄《じごく》の業火《ごうか》のような暗い光が宿った。

「……本当は、ずっと嫌《いや》だった……パシリも、バツも……」

「航？」

「この偽善者《ぎぜんしゃ》！　お前なんか……お前なんか！　もう、僕に関わらないでくれ……！」

航の口から、絞《しぼ》り出すような本音とともに嗚咽《おえつ》がこぼれ出す。航の声は決して大きくなかった。しかし、その言葉の中には、美樹たちの心をえぐるような、痛々《いたいた》しい響《ひび》きが含《ふく》まれていた。

もう、僕に関わらないでくれ――たったその一言を伝えるまでに、航はどれほどの仕打ちに耐《た》え、泣《な》き暮《くら》らしてきたのだろう。一馬たちが航にしてきたことを思うと、美樹は胸が痛《いた》んだ。

だが、イジメの主犯格《しゅはんかく》である一馬自身は、なぜ自分が責められなければならないのか、理由がまるでわからなかったらしい。

「航、なに言ってんだよ!? 今までずっとボッチだったお前を、俺たちが仲間に入れてやったんだろ!? 感謝されても、恨《うら》まれる覚えはないぞ!」

顔を真《ま》っ赤《か》にして、一馬が怒鳴《どな》る。その様子を見ていたエリカが、深いため息をついた。

「悪いけど、一馬くん、これ以上、何を反論しても無駄《むだ》よ。裏《うら》は取れてるわ。さっき、あなたと同じ学校の川上《かわかみ》くんと千崎《せんざき》くんから事情を聞いたのよ」

「え……」

一馬の顔が初めて引きつる。エリカは、まるで隆也のような淡々《たんたん》とした口調で、先ほどの男子たち二人組から聞いた話を語り始めた。

美樹たち女子の前では強がっていた男子二人だったが、隆也と要の前に連れて行ったところ、あっさり口を割《わ》った。何を言っても無表情な隆也と、反対にずっとニコニコしている要の笑顔が、よほど不気味《ぶきみ》で怖《こわ》かったらしい。彼らが渋々《しぶしぶ》語った内容は、美樹たちの想像以上にひどいイジメだった。

最初は、ヒマつぶしに航をいじって遊んでいただけだったという。しかし、しだいにそれがエスカレートし、航にパシリをさせたり、お昼のお茶くみをさせたりするようになった。さらに航の行動が遅かったり、買ってくるものを間違《まちが》えたりすると、誰もいないところで、殴《なぐ》ったり蹴《け》ったりするようになった。よりにもよって、彼らは、アザができても服で隠《かく》れてばれないような箇所《かしょ》を集中的にねらったのだ。

それだけでも許せない話だが、もっとも卑劣《ひれつ》なのは、一連のイジメに対し、一馬が何一つ、直接的な手出しをしていないことだった。一馬はいつだって、友人たちの前で「あいつ、むかつくな」と言ったり、「あの虫けらには、生きている価値《かち》がないんじゃないの?」とこぼしたりするだけだったという。一馬が何か言うだけで、その周《まわ》りの人間たちが、おもしろがって自分から動いた。一馬はその様子を見て、常《つね》に薄《うす》ら笑《わら》いを浮《う》かべているだけだった。

しかも、一馬がこんなことをした相手は、航が初めてではないらしい。見せかけだけの優等《ゆうとう》生《せい》である一馬は、クラス替《が》えのたびに、そのクラスで孤立《こりつ》している男子を見つけ出し、いつもこの手口で取《と》り巻《ま》きをけしかけては、いじめることでストレスを発散していたのだ。

「実際に手を出していなかったとしても、一馬くん、あなたが主犯であることに間違いないわ」

エリカが一馬を正面からにらんで断言する。続いて、彼女は航のほうを向き、いたわるような口調で告げた。

「航くん、あなたがいちばん憎《にく》んでいたのは、一馬くんだったのね。一馬くんは、直接あなたに手を出したわけじゃないわ。けど、実質的にイジメの場を支配していたのは、一馬くんだったから。あなたはほかの誰でもなく、一馬くんに復讐《ふくしゅう》することを誓《ちか》い、彼のお茶に異物を入れたのよね？　違う？」

エリカに問《と》い詰《つ》められ、航の顔から血の気が失せる。が、彼が犯行を認《みと》めることはなかった。

「ぼ、僕はやってない……だって、あいつが自分でコップを選んだんだ。僕があいつにお茶を渡したわけじゃない……」

青白い顔で、「僕じゃない」と繰《く》り返《かえ》しつぶやく。その様子に、エリカはそれ以上、何も言えなくなってしまった。航の顔を見つめたまま、もどかしげに口の端をゆがめている。美樹には、エリカの感じているはがゆさが理解できた。問題は、今まさに航が言った点なのだ。

航が一馬のことをねらっていたのは、まず間違いない。だが、一馬以外の人間にも、問題のお茶が渡ってしまいかねない状況下で、航はどうやって一馬に異物入りのコップを取らせたのだろう？

それに、犯行に使った毒物が何かも、まだわかっていない。最初は下剤《げざい》をお茶に混《ま》ぜたのかと思った。けれど、普通《ふつう》の下剤では、一馬のように、すぐ症状《しょうじょう》が出ることはないと、エリカが言っていた。ならば、航は何をお茶に混ぜたのだろう？

航が、「自分以外はすべて敵」とでもいうように体を硬《かた》くし、エリカと対峙《たいじ》する。その張《は》り詰《つ》めた空気を破ったのは、隆也のよく通る低い声だった。

「残念だが、九条航、俺にそのトリックは通じない」

「え……」

航がはじかれたように振り向く。その眼前に、隆也がカバンから取り出した本をつきつけた。そこに書かれていたタイトルは、『日本の薬草・毒草事典《じてん》』。

ハッと目を見開く航に向け、隆也は淡々とした口調で告げた。

「九条航、お前の母親はガーデニングで様々な花を育てていると聞いた。一般的《いっぱんてき》には、あまり知られていないかもしれないが、家庭で育てられている花の中には、その種子や実に毒を持つものがある。これらの種子や実は乾燥《かんそう》させて粉末状《ふんまつじょう》にし、飲むと即効性《そっこうせい》の下剤――いわゆる峻《しゅん》下剤《げざい》と呼《よ》ばれる効果を発揮《はっき》することがある。お前は、そういったものを倉橋一馬の飲んだ茶に混入《こんにゅう》させたのではないか？」

「で、でも……！　僕は、あいつにお茶を渡してない……僕が持っていたトレーの上から、あいつが自分でコップを選んで……」

「その謎《なぞ》もすぐに解ける」

一切の言《い》い訳《わけ》を許さないかのように、隆也が鋭《するど》く切りこむ。

「お前がトレーの上にコップを４つ並《なら》べて出した時点で、倉橋一馬が問題の茶を選ぶ確率は、４分の１だった。だが、お前は執念《しゅうねん》で、その確率を１００％にまで高めたんだ」

「隆也、それってどういうこと？」

要がとまどいに満ちた声を上げる。隆也は、要のほうを振り向きもせずに、淡々《たんたん》とした口調で続けた。

「最初に確認しておくが、九条航、お前は今回のように、倉橋一馬たちからお茶くみを命じられたとき、いつもどのようにコップを渡していた？　必ず最初に、グループのリーダー格である倉橋一馬に、コップを取らせていたのではないか？」

「そういえば……」

美樹は、一馬と一緒になって航をいじめていた、男子二人の証言を思い出した。

あの二人は、一馬を崇拝《すうはい》している。彼らが、リーダーの一馬より先に何かをすることはない。航が運んできたお茶を飲むときも、いつも最初に、一馬にトレーからコップを取らせていたという。その一連の流れに、二人は何ら疑問《ぎもん》を抱《いだ》かなかったらしい。

隆也の問いかけに対し、航は口をつぐんだままでいる。隆也は、その沈黙《ちんもく》こそが肯定《こうてい》であるととらえ、推理《すいり》を続けた。

「倉橋一馬が最初に異物入りの茶を選べば、それで計画は成功したことになる。もし、倉橋一馬が問題のコップを取らなかったとしても、ほかの人間がそれを選ぶ前に、お前自身がそれを取ってしまえば、何の問題にもならない。そのコップに入っている茶は、飲まずに捨てればいいだけだ。そうして、倉橋一馬が異物入りの茶を選ぶ日まで、お前は根気強《こんきづよ》く、繰《く》り返《かえ》し復讐《ふくしゅう》に臨《のぞ》んだ。実際に、お前は成功するまでに、何度もこの方法を試したのではないか？」

「…………………」

航は答えない。しかし、唇《くちびる》をかみしめ、無言で隆也をにらんでいる様子から、隆也が説明したことが真実であるとうかがい知れた。

航のすさまじいまでの執念《しゅうねん》に、美樹は背筋《せすじ》が寒くなるのを感じた。航は一方的にいじめられ続けているわけではなかった。暴力と暴言に悩まされる日々の中でも、一馬に一矢報《いっしむく》いる機会を虎視眈々《こしたんたん》とねらっていたのだ。

「航、本当なの？　いじめられていたことも、一馬くんに異物入りのお茶を飲ませたことも」

七海が不安と怒《いか》りの入り混じった表情で、弟の顔をのぞきこむ。その瞬間《しゅんかん》、航の中でずっと張《は》り詰《つ》めていた糸が切れた。

「そうだよ！　僕だよ！　僕がやったんだ！　僕は、こいつが僕にした仕打《しう》ちを一生忘《わす》れない！　こいつには、僕が体験した以上の苦しみを味わわせてやりたかったんだ！」

航が一馬を指さし、堰《せき》を切ったように叫ぶ。皆がその勢いに圧倒《あっとう》され、動けずにいる中、誰かが後ろから航の頭をパシッとはたいた。七海ではない。たたいたのは、エリカだった。

「いたっ！　何すんだよ!?」

航が頭を押《お》さえ、振り返る。エリカがその鼻先に指をつきつけ、航に負けないぐらいの大声で叫び返した。

「このバカ！　あなたは、毒物を体内に入れることの怖《こわ》さがわかってないわ！　今回はまだ毒性の弱い植物だったからいいけど、もっと毒性の強い植物だったら、どんなことになってたか……植物の中には、下痢《げり》や嘔吐《おうと》だけでなく、強い幻覚症状《げんかくしょうじょう》を引き起こすものまであるのよ!?　そうしたら、あなたは犯罪者よ！　こんなどうしようもない人間への復讐《ふくしゅう》で、あなた、一生を棒《ぼう》に振《ふ》る気!?」

きっと今までの人生で、こんなにきつい説教《せっきょう》をされたことなんてなかったのだろう。航が呆然《ぼうぜん》とした顔つきで、エリカを見上げる。やがて、その目からポロポロと大粒《おおつぶ》の涙《なみだ》がこぼれだした。気づいたエリカが、気まずそうな顔で、航の頭に手を伸《の》ばす。

「頭、たたいて悪かったわね。あなた自身のためにも、こんな馬鹿《ばか》なこと、もう二度としちゃダメよ」

「…………うん」

エリカに頭をなでられ、航が泣きながら何度もうなずく。心細げなその体を、七海が後ろから力いっぱい抱《だ》きしめた。

「ごめんね、航。私、お姉ちゃんなのに、航がいじめられてたことにずっと気づかなかった。これからは学校で何かあったら、すぐに話して。何があっても、私は航の味方だから！」

七海の腕の中で、航の泣き声がよりいっそう大きくなった。横で見ていた美樹は、もらい泣きをしてしまいそうになって、あわてて目頭《めがしら》を手で押さえた。

航は、今までつらいのをずっと一人でこらえてきたのだろう。それが、ようやく心の底から安心して泣くことができたのだ。美樹は、今回の結末に胸をなで下ろした。

そのときだった。落ち着きつつあった部屋の空気が、突如《とつじょ》として動いた。

「あ、一馬！」

要が大声で叫ぶ。美樹は目を疑った。今まで殊勝《しゅしょう》な顔つきで話を聞いていた一馬が、ベッドから跳《と》び起《お》き、病室から逃《に》げだしたのだ。体調不良で起き上がれなかったというのがウソのようなスピードだった。

要が真っ先に一馬を追って病室を飛び出す。美樹たちも、あとに続いた。せっかく事件の真相が明らかになったのに、諸悪《しょあく》の根源《こんげん》である一馬を逃《に》がすことはできない。

しかし、美樹たちは一馬を捕《つか》まえることができなかった。ナースステーションに逃げこんだ一馬が、看護師《かんごし》たちに泣きながら、「変な人たちが病室に押しかけてきたんだ！　助けて！」と訴《うった》えたのだ。

美樹たちは、看護師たちに事情を説明しようとした。だが、聞いてもらえなかった。一馬は、見せかけだけの優等生を何年間も演《えん》じ続けてきただけのことはある。その演技《えんぎ》は堂《どう》に入《い》っており、美樹たちは、一馬の言うことを真《ま》に受けた看護師から、「入院患者《かんじゃ》さんに何をしているのですか！」と、叱《しか》られてしまった。

事件の真相が明らかになったあとも、まだなお他人を悪者扱《あつか》いして逃げようとする。そんな一馬の卑劣《ひれつ》さに、美樹たちは、はらわたが煮《に》えくりかえる思いだった。だけど、病院で看護師を敵《てき》に回しては、一馬に近づくこともできない。結局、その日は引き下がり、翌日になってから出直すことにした。

だが、翌日も、またその次の日も、病院で一馬に会うことはできなかった。一馬が自分たちの名前を看護師に伝えたせいで、面会を断られ続けたのだ。

「あいつ……！　絶対、このままでは終わらせないから！」

エリカが心底くやしげな顔つきで叫《さけ》ぶ。隆也と要も、今回は全面的にエリカの意見に賛成しているのか、何も言わなかった。

一馬は結局、入院してから１週間で退院した。退院後も、美樹たちの訪問《ほうもん》を警戒《けいかい》しているのか、学校の行き帰りですら、彼は一人になることがなかった。いつも川上や千崎のような取り巻きを連れている。

この状態では、一馬とサシで話すことはもう無理かと、美樹は思った。しかし、チャンスは突然《とつぜん》めぐってきた。

学校からの帰り道、一馬と一緒にいた千崎が忘《わす》れ物《もの》に気づき、一人で学校に戻ってしまったのだ。一馬は当然のように、千崎を追いかけようとした。その前に、要が立ちふさがった。

「一馬、どこへ行くつもりかな？　俺たち、一馬に話したいことがあって、ずっと待ってたんだけど」

要の顔は、いつもと同じようにニコニコ笑っている。だからこそ、かえって、「ずっと」という言葉のあたりに、妙《みょう》なすごみが感じられた。

一馬も、要の迫力《はくりょく》に圧倒《あっとう》されたらしい。回《まわ》れ右《みぎ》をして、即座《そくざ》に逃げようとする。が、できなかった。要と挟《はさ》み撃《う》ちにする形で、エリカが一馬の行く手を阻《はば》んだのだ。

「久しぶりね、一馬くん。私たち悩み解決部は、警察でも、正義の味方でもないわ。だけどね、航くんにだけお説教をして、根本的な原因を作った、いじめっ子のあなたを見逃《みのが》せるほど、人がいいわけでもないのよ」

そう言うエリカも、顔に優雅《ゆうが》なほほえみを浮かべているが、その目はちっとも笑っていない。冷たく光る目で一馬を見下ろし、エリカは続けた。

「本当なら、『そこに正座《せいざ》しなさい！』って言いたいところだけど、ここは外だから、やめておいてあげるわ。でも当然、何もなかったことには、できないわよね」

「いや、あの、僕……」

一馬がじりじりとあとずさる。その背中《せなか》が、要の横に立っている隆也にぶつかった。威圧感《いあつかん》たっぷりの無言、無表情で見下ろされ、一馬が「ヒッ！」と叫ぶ。

たいして広くもなく、人通りも少ない道の真ん中で、一馬に逃げ場はない。一馬はキョロキョロとあたりを見回し、もう逃げ切れないと観念したのか、垂直《すいちょく》に頭を下げて叫んだ。

「ごめんなさい！　僕が悪かったです！」

「あなた、本当に自分が悪かったと思ってるの？」

一馬のあっさりした謝罪に対し、エリカがトゲの生《は》えた声を投げつける。一馬はうなずき、胸の前で手を組みながら懇願《こんがん》した。

「僕は、今回のことを心の底から反省しています。自分が犯した罪の重さに怖《こわ》くなって、今まで皆さんから逃げ回っちゃいましたけど……本当に、ごめんなさい！」

必死で謝《あやま》る一馬の目には、涙が浮かんでいる。美樹は、そんな一馬の反応に安堵《あんど》した。病院でナースステーションに駆《か》けこんだときのように、また卑劣《ひれつ》な手段《しゅだん》を使って、自分たちの説教をかわそうとするんじゃないかと心配していたが、少しは反省しているらしい。

「反省の色を見せることは、大切よ。でも、その謝罪の言葉は、イジメの被害者である航くんに言ってあげなさい。そもそも、イジメっていうのは……」

エリカが腰に手を当て、一馬に言い聞かせる。そこに美樹や要や、さらに隆也までもが加わり――一馬への説教が終わるころには、あたりはすっかり暗くなっていた。

その晩《ばん》、家に帰った一馬は、自分の部屋でパソコンを立ち上げ、とあるサイトにアクセスしていた。画面のトップに「学園お悩み知恵袋」というサイト名と、「イジメの犯人扱いされて困ってます…」というタイトルが記されている。それは、今から1週間ほど前に、一馬が投稿《とうこう》したトピックだった。皆、イジメ問題に関心があるのか、その相談に対し、多くの人間から賛否両論《さんぴりょうろん》のアドバイスが寄せられていた。

あの高校生たちは、こんな「悩み相談」のサイトなど、誰一人読んでいないだろう。一馬は自分がベストアドバイスに選んだ回答を読み返し、一人きりの部屋の中で、小さくつぶやいた。

「やっぱり、そうだよな。僕は悪くない。何も悪くないいんだ……」

学園お悩み知恵袋　新規登録で今なら7,000ポイントゲット　ログイン　新規登録

プ　カテゴリ　ランキング　専門家　企業公式　Q&A一覧　回答コーナー

検索ワード　Q&A　検索　+条件指定　Q 質問・相

すべてのカテゴリ　学校の悩み

知恵袋トップ　>　中学生　>　人間関係　>　イジメ

イジメの犯人扱いされて困ってます…

解決済

悲しみの学級委員さん

20××/××/××　22:48:58

先日、クラスメイトに、薬物入りのお茶を飲まされて入院しました。本当は、警察に言ってもいいくらいの被害だと思うのですが、「友だちだから」と思って言いませんでした。そしたら、その加害者の知り合いらしい高校生が病院にまで来て、「お前が、××（友だちの名前）をイジメたから、復讐されたんだろ」と脅迫まがいのことを言ってきました。本当は、こっちのほうが被害者なのに。どうしたらよいのでしょうか？

共感した 5　閲覧数：5,628　回答数：65　お礼：25回　違反報告　★知恵コレ

ベストアドバイスに選ばれた回答

ベストアドバイス

dontmind さん

20××/××/××　20:36:20（編集あり）

薬物を飲まされたうえに、脅迫される。たいへんな目に遭いましたね。ただ、今は、「イジメ加害者」だと疑われてしまったら、変な噂を流され、その噂が一人歩きし、あなたがイジメの被害者になってしまう可能性があります。薬物を飲まされたのに、その加害者をかばうような優しいあなたが、そんな目に遭うのは得策ではありません。演技でもいいので、泣いて詫びるなど、今は心から反省しているフリをして、言いがかりをスルーするのが一番だと思います。

［スケッチ］

思い出のリゾット

彼女《かのじょ》は、自分にとっての太陽だった。

三十路《みそじ》も半《なか》ばを過ぎたというのに、こんなたとえしかできないのは、正直自分でも恥《は》ずかしいと思う。だけど、本当にそう思っているのだから、仕方ない。

岩崎充《いわさきみつる》が彼女――田中綾乃《たなかあやの》と初めてまともに会話をしたのは、人生に行《い》き詰《づ》まり、苦悩《くのう》していた10年前のことだった。

充は子どもの頃《ころ》からノリがよく、何にでも熱しやすく、冷《さ》めやすい性格《せいかく》だった。その性格は大人になっても変わることがなく、大学を卒業したあとは、気ままにフリーターをしていた。

そんなとき、充は『ローマの食卓《しょくたく》』という映画《えいが》に出会った。それは、単身イタリアに渡《わた》った青年が、イタリア屈指《くっし》のレストランで料理長に上《のぼ》り詰《つ》めるまでの悪戦苦闘《あくせんくとう》を描《えが》いたもので、今では日本を代表する映画監督《かんとく》となった吉永正一《よしながしょういち》が、若《わか》い頃に撮《と》った作品だという。

言葉の通じない異国《いこく》でライバルたちとしのぎを削《けず》り、最後には皆《みな》の信頼《しんらい》を一心に勝ち取る主人公。彼《かれ》の手から次々と生み出される、色彩《しきさい》豊かでおいしそうな料理の数々。充は、この主人公の生き様《いざま》に感動した。そして、自分も彼みたいにイタリア料理を究《きわ》めたいと願《ねが》った。

思い立ったが吉日《きちじつ》とばかりに、充は親に頼《たの》んで金を出してもらい、1ヵ月後にはイタリアに渡った。そこで各地の名物料理を食べ歩き、語学学校も兼《か》ねているイタリア料理の学校で修業《しゅぎょう》に励《はげ》んだ。

帰国した充は再び親に出資《しゅっし》してもらい、すぐに自分の店をオープンさせた。当時カフェが流行《はや》りだしたこともあり、イタリア料理を出すカフェとして、自分の店を売っていくことにしたのだ。高校や大学が近くにあって立地もいいし、イタリアでの修業の成果を見せれば、たちまち人気の店になるだろうと信じて疑《うたが》わなかった。

しかし、充の商売も人生も、イタリアで食べた激甘《げきあま》のジェラートほど甘くはなかった。オープンしたての頃《ころ》こそ、それなりに客が入ったが、2週間が経《た》つ頃には、自慢《じまん》のテラス席には、客よりも、落ちているパン目当てでやって来る鳥の数のほうが多くなり、1ヶ月後には、あまりの客の少なさに、ウェイターを雇《やと》っている意味がなくなってきた。店を開けば、開いた時間の分だけ赤字がかさむという状況下《じょうきょうか》で、いつも楽観的で直感的な充も、さすがに店の経営に不安を覚え始めた。そんなときだった。充が、彼女《かのじょ》と初めてじっくり会話をしたのは。

「店長は、このままでいいと、本気で思ってるんですか?」

その日、レジを締《し》め、売り上げの少なさにため息をこぼしていた充は、スパイスのきいた女性の声にびっくりして振《ふ》り向いた。そこに立っていたのは、カフェのウェイトレスとしてホールを束《たば》ねている、ホール・チーフの田中綾乃だった。

綾乃は癒《いや》し系《けい》のかわいい子で、彼女に笑《わら》いかけられると、充は日頃《ひごろ》の疲《つか》れが一気に取れる気がしていた。だが今、彼女は眉間《みけん》にシワを寄《よ》せ、険《けわ》しい顔でこちらをにらんでいる。

「え、えーと……田中さん、どうかしたの?」

おそるおそる話しかけた充のもとに詰《つ》め寄《よ》り、綾乃は厳《きび》しい口調《くちょう》で続けた。

「店長もわかってると思いますが、このままだと、このお店つぶれちゃいますよ? いいんですか?」

「いや、まぁ……そりゃあ、いいわけないさ。だけど、一生懸命《いっしょうけんめい》やっても客が来ないんじゃ、仕方ないよ」

「一生懸命ですって？　お客様に来ていただくために、店長は何か努力をしましたか⁉」

今まで癒し系だと思っていた綾乃から鋭《するど》い一喝《いっかつ》を落とされ、充は驚《おどろ》いてポカンと口を開《あ》けた。

その様子を見て我《われ》に返ったのか、綾乃が「すみません」と小声で謝《あやま》る。

「本当はこんなつもりじゃなかったんですけど、店長のような世間知《せけんし》らずのお坊《ぼっ》ちゃんを見てると、イライラしちゃって……」

綾乃の発言は、充の心にグサッとつき刺《さ》さった。綾乃は、かわいらしい笑顔《えがお》の下で、自分に対してこんなにも辛辣《しんらつ》な評価を下していたなんて……女性不信になりそうだ。

「この際《さい》、店長が甘ちゃんであることは置いておくとして、問題はカフェの現状《げんじょう》をどうするかですよ」

綾乃は、充の傷《きず》ついた心には気づかず、キビキビとした口調で話を続けた。

「私、このカフェに必要なのはマーケティングだと思うんです。店長は、この店のメインターゲットは、どういう人たちだと考えていますか？」

「え？　うーん……若くてオシャレな女性かな？」

「じゃあ、そういう人たちに人気の料理は？」

「…………オシャレな料理？」

「店長、私、この店を辞《や》めてもいいですか？」

「え？　ええっ!?　今のは冗談《じょうだん》だから！」

必死で誤魔化《ごまか》し、顔の前で手を左右にパタパタ振《ふ》る。そんな充を横目に見て、綾乃は小さく肩《かた》をすくめた。

「オシャレな料理なんて抽象的《ちゅうしょうてき》な答え、もうやめてくださいね。次に言ったら、私、今度こそ本気で店を辞めますから。それで、話をもとに戻《もど》しますが、女性に人気のあるイタリア料理の食材といえば、ずばり、トマト、チーズ、クリームです！」

綾乃が胸の前で拳を握りしめ、断言する。その結論《けつろん》に、充は内心で「ああ」と納得《なっとく》した。どのレストランへ行っても、ラザニアやカルボナーラは女性に人気の定番メニューだ。なら、これらの料理をオシャレに盛《も》りつけて出せばいいのだろうか？

思ったままを口にした充の提案は、しかし、綾乃に「ダメです」と一蹴《いっしゅう》されてしまった。

「ラザニアやカルボナーラの好きな女性は大勢《おおぜい》いますが、それならほかの店でも食べられます。わざわざうちのカフェに来てもらうためには、おいしい定番メニューにプラスして、うちでしか味わえない看板《かんばん》メニューを作る必要があると思うんです」

「看板かぁ……それなら、アニョロッティなんていいんじゃないかな？」

アニョロッティとは、四角く切った袋状《ふくろじょう》のパスタの中に、肉やチーズ、ほうれん草やキノコを餃子《ぎょうざ》のようにふんだんに詰《つ》めこんで作る料理だ。ローストビーフのソースをかけて食べることが多いが、トマトソースやクリームソースとあえてもおいしいに違《ちが》いない。充は胸《むね》を張《は》って答えたが、その提案は、またしても綾乃に「ダメです」と一刀《いっとう》両断されてしまった。

「店長、ここは日本のカフェなんですよ？　そのアニョロッティという料理はおいしいかもしれませんが、日本人には馴染《なじ》みが薄《うす》いです。それだと、まず注文が入りづらいですし、下準備《したじゅんび》にもすごく時間がかかるでしょうから、コストパフォーマンスが悪すぎます」

「なら、どうしたらいいんだよ？　批判《ひはん》ばかりしてないで、田中さんも何か提案してよ」

せっかくのアイデアを次々に撃破《げきは》され、すねた充が口をとがらせる。綾乃は小さく息をつき、厨房《ちゅうぼう》へ歩いて行った。何をするのかと思ってついて行くと、彼女は大きなステンレスの冷蔵庫《れいぞうこ》を開《あ》け、中をゴソゴソとあさり始めた。

やがて、綾乃が冷蔵庫から取り出したのは、半円形の固いチーズの塊《かたまり》だった。直径《ちょっけい》で30センチ以上もある。それはパルミジャーノ・レッジャーノの丸い塊を半分に切ったものだった。

パルミジャーノ・レッジャーノは、パルメザンチーズと呼《よ》ばれることも多いチーズだが、充の店に置いてあるものは、同じ名前で売られている市販《しはん》の粉チーズとは格《かく》が違う。イタリアのパルマ地方で36ヶ月間も熟成《じゅくせい》させたのち、空輸されたもので、たった一かけ食べただけでも、芳醇《ほうじゅん》でとろけるような味わいが口の中いっぱいに広がってクセになる。綾乃もこの店で働き始めたばかりの頃に、味見をしたことがあったはずだ。

綾乃はチーズの塊を持ったまま冷蔵庫の扉を閉《し》め、充に向き直って言った。

「うちの看板《かんばん》メニューですが、パルメザンチーズのリゾットなんていかがですか？　半分に切って、断面を少しくぼませたパルミジャーノ・レッジャーノの中に熱々《あつあつ》のお米を入れて、チーズとからめて食べるんです！」

充はゴクリとツバを飲みこんだ。想像するだけで、口の中にジュワッととろけるチーズの味と香《かお》りが広がって、幸せな気持ちになれる。このチーズなら日本でも有名だし、味に関してはなんら問題ない。さらにオシャレな見た目だから、女性人気も高いだろう。しかし……。

「ダメだ。コストがかかりすぎる」

「え？　このパルミジャーノ・レッジャーノの塊半分で、いったいいくらしたんですか？」

「うっ、それは……」

イタリアから空輸しているチーズだ。塊の半分だけで、10万円もした。これを使って客の前でリゾットを作るとなると、常温のまま放置しておく時間が長くなるうえ、熱々のお米を乗せることで傷《いた》みやすくもなるため、チーズ自体のもちが悪くなる。こんなに高いチーズをとっかえひっかえ、ホイホイ使っていては、絶対に元は取れない。

「そうですか、パルミジャーノ・レッジャーノは使えませんか……」

充の説明を聞いて、綾乃が沈《ちん》うつな表情でうつむく。充は、なんだか自分が悪いことをしてしまったような気になり、綾乃を励《はげ》ますように、ことさら明るい声で告げた。

「予算の関係で、このチーズを丸ごと使うことはできないけど、リゾット自体はいいアイデアだと思うよ。田中さんが言うように、パルメザンチーズの好きな女性はたくさんいるからね」

「それじゃあ……」

「パルメザンチーズのリゾットを看板メニューにするつもりで、開発を進めよう。田中さんも協力してくれないかな？　もう『店を辞める』なんて、言わないでほしいんだ」

「はいっ！　喜んで！」

綾乃がいつもの彼女らしい、明るい笑顔で答える。このどうしようもない状況下《じょうきょうか》にあって、充は、曇天《どんてん》の中に一条《いちじょう》の光が射《さ》しこむのを見た気がした。


その日以来、カフェで出す「まかないゴハン」は、毎食パルメザンチーズのリゾットになった。「毎日食べてもあきがこない味」を目指し、食事のたびごとに、店員たちの率直《そっちょく》な意見を尋《たず》ねては、改良につぐ改良を重ねた。

最初、充はすり下ろしたパルメザンチーズをリゾットに惜《お》しみなく使った。おかげでチーズの濃厚《のうこう》な味わいが長く口の中に残っておいしかったが、人によっては「チーズの味がきつい」と言うかもしれないし、何より「材料費がバカ高くて話にならない」と綾乃に指摘《してき》された。

次に、充は白ワインと、女性の好きなクリームをリゾットに加えてみた。すると、今までのチーズによる自己主張《じこしゅちょう》が抑《おさ》えられ、まろやかな仕上がりになった。けれど、「まだ何か物足りない」と充も綾乃も思った。

そこで、充はリゾットに入れている野菜《やさい》のブロードを見直すことにした。ブロードとは、タマネギやニンジン、セロリなどの野菜にローリエなどのハーブと塩を少々入れて煮込《にこ》んだスープで、和食でいうところの出汁《だし》に当たる。充は今回、乾燥《かんそう》させたポルチーニというキノコを水で戻《もど》し、フードプロセッサーにかけてペースト状《じょう》にしたものをブロードに加えてみた。これをリゾットの隠《かく》し味《あじ》に使ってみたところ、大成功！　味に奥行《おくゆ》きが出て、贅沢《ぜいたく》かつ上品な、やみつきになる味に仕上がった。綾乃からも笑顔で百点をもらえた。

綾乃と相談した上で、値段《ねだん》は少し強気に出て、一皿《ひとさら》１５００円に設定した。それなりに贅沢な材料を使っているが、この値段で注文がたくさん入ってくれれば、十分利益が出る。

こうして試行錯誤《しこうさくご》を重ねた末、初めてリゾットを店で出したときには、充も綾乃も、心臓《しんぞう》が口から飛び出しそうなほど緊張《きんちょう》していた。

遠くから観察されているとも知らずに、若い女性客がスプーンでリゾットをすくって口に運ぶ。女性が満足そうにほほえんだのを見て、充と綾乃は無言でハイタッチをして喜んだ。

その後、ネットの口コミで人気に火がつき、わざわざ遠方からリゾットを食べに来てくれる人も現れるようになった。さらに綾乃のアイデアで、午後3時から6時の間のカフェタイムに、季節のフルーツをふんだんに使ったタルトを数量限定で出したところ、これも当たって、充のカフェは押《お》しも押《お》されもせぬ人気店になった。つい数ヵ月前まで、閉店《へいてん》を考えていた頃のことがウソのようだ。

充は「おいしい」と喜んでくれる客の顔を見るのが楽しみになり、仕事に生《い》き甲斐《がい》を覚えるようになっていった。また、その頃には、綾乃のことを下の名前で呼《よ》ぶようになり、仕事でもプライベートでも、彼女は充にとってかけがえのない存在になっていた。

そして、初めて店でリゾットを出してから1年後、充は綾乃にプロポーズする決意をした。

プロポーズの場所は、閉店後のカフェだった。最後まで残っていたウェイトレスの子が、「お先に失礼します」と言って帰る。その後ろ姿を見送り、充は緊張している自分を落ち着かせるために、オッホンゴッホンという妙《みょう》な咳払《せきばら》いをしてから、綾乃に話しかけた。

「なぁ、綾乃。うちでリゾットを出すようになってから、今日でちょうど1年になるだろ？ その記念に、お前に渡《わた》したいものがあるんだ」

「え、なぁに？」

「いや、まぁ、その……ちょっと、あっちを向いててもらえるかな？」

綾乃がテーブルをふいていた手を止め、おとなしく反対側を向く。充はその背後《はいご》に近づき、緊張に震《ふる》える手で、婚約指輪《こんやくゆびわ》の入ったケースを開けた。

カフェが繁盛《はんじょう》したおかげで買えた指輪だ。綾乃も喜んでくれるに違《ちが》いない。

「もういいよ、こっち向いて」

少しぶっきらぼうな口調で充が言う。振り向いた綾乃は、充の手の中を見て息を飲んだ。

「充、この指輪って……」

一ヵ月も前から、気の利《き》いたセリフを何通りも考えてきたはずなのに、何も思い出せない。頭の中が真っ白になる。だけど、「何か言わないと」と焦《あせ》って……、

「俺《おれ》と結婚《けっこん》してください！　幸せにします！」

そんなありきたりなセリフを、下を向いて言うのが精一杯《せいいっぱい》だった。

ドキドキしながら、返事を待つ。しかし、いつまで経ってても綾乃の答えはなかった。

——まさか自分は振《ふ》られたのか!?

嫌《いや》な想像につき動かされ、こわごわ顔を上げる。充はギョッと目を見開いた。

綾乃が泣《な》いている。いったい自分は何をした!? 今のプロポーズの何がいけなかったんだ!?

こんなとき、恋愛経験《れんあいけいけん》の浅い充にはかける言葉が見つからない。トーテムポールよろしく、ピンと背筋《せすじ》を伸《の》ばして固まっていると、やがて涙をふいた綾乃がささやくように告げた。

「ありがとう、充。驚《おどろ》かせてごめんね。私、嬉《うれ》しくて……」

「え? それじゃあ、俺は振られたわけじゃなくて――」

「ええ。私こそ、これからもよろしくお願いします」

綾乃の返事に、充は嬉《うれ》しさのあまり天にも昇《のぼ》る思いだった。これからの人生を彼女と一緒《いっしょ》に歩めるなら、ほかに何もいらない。彼女のためなら、何だってできると思った。しかし、綾乃は婚約指輪を受け取る前に、ためらいがちにこちらを見上げて言った。

「結婚する前に、一つだけお願いがあるの。実は、私……」

綾乃との結婚が決まってから一ヵ月後、充は空港から飛び立つ飛行機をながめていた。きっと今、滑走路《かっそうろ》から飛び立った飛行機に綾乃が乗っている。

綾乃の「お願い」は、イタリアへの留学《りゅうがく》だった。かつて充がイタリアで料理の勉強をしてきたように、綾乃もイタリアで様々な勉強をしたいというのだ。

夫婦でカフェを経営するとなると、長期で休みを取りづらく、海外旅行にもなかなか行けなくなるだろう。最近は店も落ち着いてきたし、綾乃が数ヶ月くらい抜《ぬ》けても、なんとかやっていけるはずだ。そう考え、充は綾乃のイタリア留学を気軽にOKした。しかし、充はこのときの決断を、のちに深く後悔《こうかい》することになった。

イタリアに渡《わた》ってからしばらくの間、綾乃はまめに電話をくれた。それこそ、その日に食べた料理の内容や、観光で訪《おとず》れた場所のことなど、事細かに報告してくれた。

しかし、2週間が過ぎた頃から、電話の回数がだんだんと減っていった。イタリアでの生活が本格化し、忙《いそが》しくなったせいで、電話をかける時間がなくなったのだと充は考えた。「便《たよ》りがないのは無事な証拠《しょうこ》」と自分に言い聞かせ、綾乃から再び連絡《れんらく》が来るのを気長に待っていた。

だから、その日、綾乃の叔母《おば》を名乗る人から突然《とつぜん》電話がかかってきたときには、心底《しんそこ》驚《おどろ》いた。綾乃は若い頃に両親を亡《な》くしており、親族は叔母しかいないと、前に聞いたことがあった。けれど、その叔母が自分に何の用だろう?

嫌《いや》な予感でざわざわする胸を押《お》さえ、手短《てみじか》に要件を聞いた。その直後、充の顔は青を通り越《こ》し、紙よりも白くなった。

綾乃の叔母は、「綾乃がミラノで交通事故に遭《あ》って死んだ」と充に告げた。夏なので、遺体《いたい》は向こうで火葬《かそう》にし、葬式《そうしき》もすでに終えたという。

にわかには信じがたい話だった。一瞬《いっしゅん》の衝撃《しょうげき》が過ぎ去ったあと、我《われ》に返った充は詳細《しょうさい》を問い質《ただ》そうとした。しかし、そのときにはもう電話は切れていた。叔母は非通知設定で電話をかけてきたらしく、充には再び彼女《かのじょ》と連絡を取る術《すべ》がなかった。

綾乃の死の真相《しんそう》を探《さぐ》るため、充は急遽《きゅうきょ》店を閉《し》めてイタリアに渡った。だが、何の手がかりも得ることができなかった。

それから先、数ヵ月間の記憶《きおく》が充にはない。綾乃はもういない——その事実が充の心に重くのしかかり、すべてがどうでもよくなってしまった。生きていてもしょうがないとさえ思った。だけど、それでも充は毎日、店を開けることだけはやめなかった。綾乃と一緒に作ったリゾットの思い出が、死人のようになった充を動かしていた。

自分はこの味を守っていかなければならない。こうして思い出のリゾットを作り続けている限り、綾乃はまだどこかで生きているように思えた。そのうち「今まで一人《ひとり》にしてゴメンね」と言いながら、ひょっこり戻《もど》ってきてくれる気がした。

実際《じっさい》に、充は街中で、綾乃によく似た女性を見かけたことが何度かあった。追いかけようとするたび、その姿《すがた》はいつも雑踏《ざっとう》の中に吸《す》いこまれるようにして消えてしまったけれど……。

それが自分の妄想《もうそう》だったのか、それとも現実だったのか、わからない。また綾乃に会いたいと願いながら、リゾットを作り続けているうちに、気づけば10年が過ぎていた。

「すごい……店長って、ものすごいロマンチストだったんですね」

店じまいをしたバイト先のカフェで、店長の岩崎充から過去《かこ》の恋愛話を聞き終えた大河内都子《おおこうちみやこ》は、感嘆《かんたん》の吐息《といき》とともに、思ったままの感想を口にした。

充はスマホの待ち受け画面に、女性の写真を使っている。いったい彼女は誰《だれ》なのか。その写真を初めて見たときから、都子はずっとその正体が気になっていた。そこで今日、思い切って尋《たず》ねてみたところ、充が今の話をしてくれたのだ。

多少は美化された記憶が混ざっているかもしれない。けれど、充が綾乃を愛していたことは間違《まちが》いない。綾乃の写真を見つめる充の目から、ポロポロと大粒《おおつぶ》の涙《なみだ》がこぼれた。

「いい年こいて何やってんだろうって、自分でも思うよ。でもさ、綾乃の写真がそばにあると、俺もやる気が出るんだよね。綾乃が見てるんだから、俺も頑張《がんば》ろうって。綾乃……！　どうしてあのとき、俺はイタリア行きを止めなかったんだ!?　俺が駄々《だだ》をこねて、『行かないでくれ！』と言っていれば、綾乃がいなくなることはなかったのに！　俺が聞き分けのいい『大人《おとな》の男』だったせいで、こんなことになるなんて！」

「まぁ、事故なんて誰《だれ》にも予測できないんですから、不可抗力《ふかこうりょく》ですよ」

まるで子どものような「大人の男」の肩を、ポンポンとたたいて慰《なぐさ》める。そんな都子のことをチラッと上目遣《うわめづか》いに見やり、充は「でもさ」といじけた声を上げた。

「やっぱり俺はまだ綾乃がこの世からいなくなったなんて、信じられないんだよ。ドラマみたいに、記憶喪失になったせいで、俺のもとに戻ってこられないとかさぁ……」

「もしそうだとしたら、店長はどうするんですか？」

「もちろん迎《むか》えに行くさ。都子ちゃんが街《まち》で綾乃に似た人を見かけることがあったら、教えてくれよ。綾乃が俺のことを忘《わす》れていたとしても、愛の力で絶対に思い出させてみせるから！」

「……………はい」

話を終えた充が、鼻をクスンクスンさせながら立ち上がり、厨房に戻《もど》る。都子も、自分の担《たん》当《とう》であるホールに戻って、残っていた作業を再開した。

静けさを取り戻した店内で、こっそり深《しん》呼《こ》吸《きゅう》を繰り返す。充の話を聞いている間中、都子は自分の心《しん》臓《ぞう》の音が充に聞こえていないか、不安で仕方なかった。

実は、都子は綾乃を見かけたことがあったのだ。あの写真を撮《と》ったときから10年の月日を経たせいか、その表情は落ち着き、髪《かみ》型《がた》や雰《ふん》囲《い》気《き》も変わっていた。だが、人間観察を趣《しゅ》味《み》とし、映画監督を目指している自分の目は誤《ご》魔《ま》化《か》せない。あれは綾乃だった。先ほど充に写真を見せてもらったことで、都子は確信を深めた。でも、そのことを充に教えるつもりはない。

都子が綾乃を見たのは、今朝《けさ》テレビで流れていたニュースの中だった。結《けっ》婚《こん》詐《さ》欺《ぎ》の疑《うたが》いで捕《つか》まった容《よう》疑《ぎ》者《しゃ》、「田《た》口《ぐち》綾《あや》子《こ》」として、彼女の顔がテレビに映《うつ》っていたのだ。

その犯《はん》行《こう》の手口はよくあるものだった。綾乃は、世間知らずで金持ちの男性に近づいていき、その人と恋人関係になったあとは、「二人で住むためのマンションを購《こう》入《にゅう》するのに頭《あたま》金《きん》が必要なの」などと言って、相手にお金を出させていたらしい。そして、現金を持ったまま姿《すがた》を消すという犯行を繰《く》り返《かえ》していた。

綾乃が本当に「田口綾子」という名前の結婚詐欺師だったのかどうか、都子に確かめる術はない。だけど、もし彼女が本当に結婚詐欺師であったのなら、充に近づいておきながら、何も奪《うば》わずに彼のもとを去ったのは、なぜだろう？

頼《たよ》りない充を見ているうちに母性本能をくすぐられ、いつしか彼を本気で愛するようになったせいで、何もできなくなってしまったのかもしれない。そこで、彼女は自分の正体がばれる前に、死んだ振《ふ》りをすることで、充に追いかけられないようにしたのではないか？　あるいは、充に思ったほどの財産がないことに気づいて、途中《とちゅう》で手を引いた可能性だってある。

答えは永遠に藪《やぶ》の中《なか》。しかし、一《ひと》つだけ自信を持って言えることがある。

「きっかけや理由は何であれ、こんなにおいしいリゾットができたんだから、結果オーライよね。やっぱり人生って、何が起きるかわからないから、おもしろいわ」

都子のつぶやきは、厨房にいる充には聞こえなかったらしい。充は綾乃のことを思って泣きながら、思い出のリゾットを作るための仕込《しこ》み作業《さぎょう》を始めていた。

OPEN

競作《きょうさく》

作家の須崎正義《すざきまさよし》はその日、かつてないほどに緊張《きんちょう》していた。両手にぐっしょり汗《あせ》をかき、心臓《しんぞう》が口から飛び出しそうなほど、激《はげ》しく脈打《みゃくう》っている。

ここは、落ち着いた雰囲気《ふんいき》の出版社の会議室だ。それなのに、じっとしていられず、先ほどから一人《ひとり》でイスから立ったり座《すわ》ったりを繰《く》り返《かえ》している。すると、やがて一人の男が現《あらわ》れた。がっしりとした体つきをしており、顔も相当いかつい。まるでラグビー選手のような容姿《ようし》だが、正義は、彼《かれ》が恋愛《れんあい》小説をこよなく愛していることを知っている。彼は、正義の担当編集《たんとうへんしゅう》の森川《もりかわ》和志《かずし》だった。

「須崎さん、待たせて悪かったね。編集会議が長引いちゃって」

「あ、いいんです。このあと、特に用事もありませんし……」

「そう。なら、よかった。で、話って何？」

眼光鋭《がんこうするど》い目を向けられ、正義の緊張はピークに達した。両手をきつく握《にぎ》りしめ、自分の中の勇気を総動員する。正義は頭を直角に下げ、一息に告げた。

「お願いです！　大河内《おおこうち》くんと、小説で勝負をさせてください！」

正義が大河内隆也《たかや》に初めて会ったのは、半年ほど前のことだ。「編集部に子どもがいるな」と思ったら、彼はただの子どもではなかった。なんと将来《しょうらい》を嘱望《しょくぼう》されている小説家の卵《たまご》だという。しかも、スラッとした容姿《ようし》で、涼《すず》しげな目元《めもと》が印象的なイケメンだった。森川に聞いた話によると、まだ高校1年生らしい。

今の自分と隆也を比較《ひかく》して、正義は泣《な》きたくなった。自分は一応、20代の頃《ころ》から作家を名乗っているが、最近は執筆《しっぴつ》の依頼《いらい》も減り、バイトをしなければ、生活費もままならない状態が続いている。そんな正義にとって、隆也の存在《そんざい》はまぶしく、まるで物語の登場人物のように、遠く離《はな》れた世界の人のように感じられた。

もう関わることもないと思った相手だが、正義は再び隆也に会った。それは、先週開かれた出版社の立食《りっしょく》パーティーでだった。

隆也は新人賞の受賞者でもないのに、大勢《おおぜい》の編集者たちに囲まれ、大御所《おおごしょ》の作家からも声をかけてもらっているようだった。遠くからその様子をながめていた正義は、堂々と受け答えをしている隆也の姿《すがた》に感心すると同時に、皆からかわいがられている彼のことが少し——いや、かなりうらやましかった。しかし、こういう業界では、実力のある若手《わかて》がちやほやされるのは、よくあることだ。正義は、「人は人、自分は自分だ」と、心の中で自分に言い聞かせながら、黙々《もくもく》と料理を食べていた。

そんな折《おり》、飲み物を取りに行った正義は、何気《なにげ》なく自分の横を見た。そこに、隆也がいた。目の前に置かれたカウンターの上には、様々な種類の飲み物を入れたグラスが並《なら》べられている。どれがノンアルコールの飲み物であるか、隆也は迷《まよ》っているらしい。

正義は、隆也のためにオレンジジュースのグラスを取ってあげた。受け取った隆也が、軽く頭を下げる。しかし、それだけだった。

正義の隣《となり》で、隆也はジュースを無言で飲んでいる。居心地《いごこち》の悪い空気に、正義はいたたまれなくなり、一生懸命《けんめい》、隆也に話しかけた。だが、正義がいくら話題を振《ふ》っても、二言三言の返事しか返ってこない。しかも、「今どきは、ロボットだって、もう少し愛想《あいそ》があるぞ」と言いたくなるほど、隆也は表情の変化に乏《とぼ》しいのだ。

これがジェネレーションギャップというものなら、仕方ない。そう思い、正義は、隆也からクールな対応をされても、怒《おこ》らなかった。しかし、どうしても我慢《がまん》できないことが、一つだけあった。

それは、正義が「大河内くんは、何で作家になろうと思ったの？」と尋《たず》ねたときのこと。隆也は、素《そ》っ気《け》ない声で「編集者に誘《さそ》われたから」と答えた。別に、小説を書くことが好きで、作家になる決意をしたわけではないらしい。

正義には、隆也の動機が信じられなかった。自分は作家であり続けるために、安定した収入《しゅうにゅう》も結婚《けっこん》も、すべて犠牲《ぎせい》にしてきた。後世《こうせい》に残る作品を書けるのであれば、悪魔《あくま》に魂《たましい》を売ってもいいとすら考えていた。それほどの覚悟《かくご》で、この業界にいるのに、隆也の今の発言は、どうだろう？　隆也の言葉《ことば》は、正義の今までの生き方を全否定《ぜんひてい》しているように感じられた。

悔《くや》しかった。何の覚悟もなく、周《まわ》りから持ち上げられているだけの高校生に、作家として負けたくなかった。

ふだんはあまり闘争《とうそう》心のない正義だが、このときばかりは、「絶対に大河内くんより、おもしろい小説を書いてやるぞ！」と、固く決意した。そして、その場の勢いで、隆也に小説での勝負を申《もう》し込《こ》んだのだ。

パーティーのあった翌週《よくしゅう》、正義は担当編集の森川に、短編小説の競作企画《きょうさくきかく》を持ち込んだ。出版社の会議室で、最初にこの話をしたとき、森川はたいして自分に期待していなかったらしい。「ふーん」と、適当な相づちを打っていた。だが、しだいに興味を引かれたのか、目がキラキラ輝《かがや》きだし、最後にパチンと指を鳴らして叫《さけ》んだ。

「いいね、その企画！　乗った！」

「本当ですか⁉」

こんなにすんなり自分の企画が通るなんて、信じられない。目と口の両方をポカンと大きく開けた正義を見て、森川は満足そうにうなずいた。

「今度、うちでＷＥＢ《ウェブ》の文芸誌《ぶんげいし》を創刊《そうかん》することになってさ。須崎さんも知ってると思うけど、読者にお金を払《はら》ってもらって、電子書籍《しょせき》のファイルをダウンロードしてもらうやつね。そこで大河内くんにも何か書いてもらおうと思ってたところだったんだよ。もうあとがなくて焦《あせ》ってるロートル作家と、瑞々《みずみず》しい若手作家の対決か……そうだな。須崎くんと大河内くんの二人に、それぞれ同じお題で短編《たんぺん》を書いてもらって、WEB上の読者投票で勝敗を決めよう！　これは盛《も》り上がるぞ！」

「…………………」

興奮《こうふん》している森川の前で、正義は心に冷《ひ》え冷《び》えとした思いが広がっていくのを感じた。

森川は、自分のことを「ロートル作家」と呼《よ》んだ。時代遅れで、作家を何年間も続けていても、ヒット作の1本も出せないでいる自分は、世間の目には、そう映って見えるのかもしれない。そう思うと、悲しかった。

だけど、ここは耐《た》えるしかない。せっかく久々に、自分の書いた作品を文芸誌に載《の》せてもらえるのだ。「今は与《あた》えられたチャンスを全力で活《い》かそう」と、正義は思った。

それから正義は、寝《ね》る間《ま》も惜《お》しんで小説の執筆《しっぴつ》にいそしんだ。何度も推敲《すいこう》を重ね、ようやく満足のいく作品を提出できたのは、1ヵ月後のことだった。

そして、さらに2ヵ月後。文芸誌が発売される1週間前に、編集部から、1枚《まい》のディスクが送られてきた。そのディスクには、ＷＥＢにアップする前のファイルが入っている。正義は、早速パソコンを立ち上げてファイルを開き、「新旧作家対決」と書かれている項目《こうもく》をクリックした。

そこでは、自分と隆也の勝負が大きく特集されていた。「若き獅子《しし》が熟練《じゅくれん》作家を超《こ》える!?」という、森川の書いた煽《あお》りまでついている。

文末の「!?」マークに、正義は虚《むな》しさを覚えた。森川は、正義が負けること前提の書き方で、言《い》い訳《わけ》のように「!?」マークをつけている。隆也が、それだけ編集部から期待されているのかと思うと悔《くや》しかったが、自分の名前も大きく出してもらえることは、純粋《じゅんすい》に嬉《うれ》しかった。

今回の勝負で、編集部から与えられたお題は、「ロボット」だった。

正義は、バクバクとうるさい心臓《しんぞう》を落ち着けるため、大きく息を吸《す》うと、特集記事の次のページに進んだ。冒頭《ぼうとう》に、「僕《ぼく》のおばあちゃん　須崎正義著《ちょ》」と書かれている。正義は覚悟《かくご》を決め、その小説を読み始めた。

「僕のおばあちゃん」

須崎正義 著

僕にはお父さんがいない。僕が生まれる前に、電車の事故で死んだって、お母さんが言っていた。だから、僕は、お母さんと、お母さんのお母さんである、おばあちゃんの3人で暮《く》らしている。

僕はおばあちゃんのことが大好きで、大嫌《きら》いだった。

お母さんが仕事でいないとき、おばあちゃんは「お母さんには、ないしょよ」と言いながら、よくお菓子《かし》をくれた。おばあちゃんはとても優《やさ》しくて、いつもお日様のようにニコニコ笑っていた。僕は、おばあちゃんと一緒《いっしょ》にいるときが一番楽しかった。

でも、僕はおばあちゃんが保育園のお迎《むか》えに来るのは、すごくいやだった。みんなのお母さんは若くてきれいなのに、僕のおばあちゃんはしわくちゃで、腰《こし》もエビみたいに曲がっている。友だちから「あれがお母さん？　ヤマンバみたい」とからかわれるたび、くやしくて、悲しくて、涙《なみだ》が出た。

そんなある日、おばあちゃんが熱を出して倒《たお》れた。

お母さんは、仕事の合間にちょくちょく家に戻ってきて、おばあちゃんの看病《かんびょう》をした。だけど、おばあちゃんの具合《ぐあい》はなかなかよくならない。それどころか、トイレに立って行くこともままならず、寝《ね》たきりになってしまった。

それから、お母さんは何年間も一人でおばあちゃんの看病をした。お母さんは誕生日《たんじょうび》を迎《むか》えるたびにやつれ、どっと老《ふ》けていく気がした。小学生になっていた僕は、そんなお母さんのことが心配で、「僕がおばあちゃんのお世話をするよ」と何度も言った。だけど、お母さんは絶対に「うん」と言わなかった。それどころか、「おばあちゃんは病気なんだから、おばあちゃんのお部屋に入っちゃダメよ」と、何度も念押《ねんお》しされた。そのせいで、僕は同じ家の中にいながら、おばあちゃんに会えなくなってしまった。

そんな、ある冬の日のこと。僕は、お母さんとの約束を破《やぶ》った。

その日、僕は、交通事故で入院した同級生のために、学校で鶴《つる》を折った。担任の先生が、「千羽鶴《せんばづる》と言って、病気やケガをした人に、長寿《ちょうじゅ》のシンボルである鶴を千羽折って渡《わた》すと、早くよくなるんだよ」と教えてくれた。

先生の説明を聞いたとき、僕は真《ま》っ先《さき》におばあちゃんのことを思い出した。おばあちゃんには、1日でも早くよくなってほしかった。また昔みたいに、お母さんと、おばあちゃんと、僕の3人で、仲良《なかよ》くご飯を食べられるようになりたかった。だから、僕は学校で余《あま》った色紙をもらってきて、家でたくさん折り鶴を作った。そして、それを持って、おばあちゃんの部屋に向かった。

「おばあちゃん、入るよ」

僕はそう言うと、黄ばんだ障子《しょうじ》をそっと開けた。真冬のせいか、家の中にいても、今日はすごく寒い。おばあちゃんは分厚《ぶあつ》い布団《ふとん》を肩《かた》までかぶって、部屋の真ん中で寝ていた。

「おばあちゃん、僕だよ。僕のこと、覚えてる？　おばあちゃんの病気が早く治るように、千羽鶴を折ってきたんだ。ねぇ、おばあちゃん！」

僕は枕元《まくらもと》に座《すわ》って、大きな声で話しかけた。けれど、おばあちゃんはピクリとも動かずに寝ている。きっと病気のせいで、目を開けることもつらいんだ。

僕は、おばあちゃんの顔の横に折り鶴を置いて、布団の端《はし》をペラッとめくった。

おばあちゃんは、リウマチのせいで足が悪い。今日みたいに寒い日は、僕が足をさすってあげると、「痛《いた》みがやわらぐよ」と言って、いつも喜んでくれた。

おばあちゃんは、布団をめくっても、まだ寝ている。僕は、まるで枯《か》れ木《き》のように細くなったおばあちゃんの足に向かって、手を伸《の》ばし――途中《とちゅう》で、あわてて手を引っ込めた。

今のは、なに？

触《ふ》れた手の先に、異様な感触《かんしょく》が残っていた。おばあちゃんの足は、まるで真冬に鉄棒《てつぼう》をつかんだときのように、冷たくなっていたのだ。これは、僕の知ってるおばあちゃんの足じゃない。

「おばあちゃん！　おばあちゃん‼」

僕は怖《こわ》くなって、何度もおばあちゃんのことを呼んだ。だけど、まるで反応がない。

これって、まさか……！

前に、テレビで見たことがある。弱った人や、ケガした人の寿命《じゅみょう》を延《の》ばすために、体の一部を機械に変えることがあるって。

もしかして、おばあちゃんは、ロボットになってしまったの⁉

そう思うと、今まで大好きだったおばあちゃんのことが急に気味悪くなって、僕は障子《しょうじ》のところまであとずさり、ガタガタ震《ふる》えだした。そのときだった。不意に、インターホンの鳴る音が聞こえた。我《われ》に返った僕は、逃《に》げるようにして部屋を飛び出し、玄関《げんかん》に向かった。

うちを訪《たず》ねてきたのは、担任の先生だった。

「こんにちは、弘樹《ひろき》くん。近くを通ったから、心配で様子《ようす》を見に来ちゃった。弘樹くんは、お母さんが帰ってくるまでの間、いつも一人でお留守番《るすばん》をして――って、大丈夫《だいじょうぶ》⁉」

先生がびっくりして、もともと大きな目をさらに大きく見開いている。自分でも気づかないうちに、僕はポロポロと大粒《おおつぶ》の涙《なみだ》をこぼし、泣いていたのだ。

僕は、心配している先生に抱《だ》きつき、叫《さけ》んだ。

「先生、助けて！　おばあちゃんがロボットにされちゃったんだ！」


その後、僕はお母さんやおばあちゃんと引き離《はな》され、施設《しせつ》で育てられた。あのときの真実を知ったのは、それからだいぶ経ってからのことだった。

中学校の授業で、「将来なりたい職業について調べよう」という宿題が出た。当時の僕には、何の夢《ゆめ》もなかった。ただ、なんとはなしに、介護職《かいごしょく》について調べることにした。そこで、介護問題に関する過去のニュースを読んでいたときに、偶然《ぐうぜん》その記事を見つけたのだ。

『年金の受給を続けるため、母親の遺体《いたい》を自宅《じたく》に置いていた女を、死体遺棄《いき》と詐欺《さぎ》の疑《うたが》いで逮《たい》捕《ほ》』

僕は目を疑った。その記事に書かれていた女は、僕のお母さんだった。

今年、高校を卒業した僕は、ケアワーカーとして働いている。僕の家族のような悲劇《ひげき》を繰《く》り返《かえ》さないためにも、介護が必要となった家族と高齢者《こうれいしゃ》の話に、親身になって耳を傾《かたむ》けるようにしている。僕と会ったおかげで、介護が楽になったと言ってもらえることが、何より嬉《うれ》しい。

僕がお世話をしている高齢者の中には、ときどき僕にプレゼントをくれる人がいる。その気持ちは嬉しかったけれど、僕には一つだけ、どうしても受け取れないプレゼントがあった。

折り鶴だ。

折り鶴を見るたびに、僕は思い出す。あの日、僕のてのひらに触れた、ひんやりとした足の感触と、己《おのれ》の無力さを。そして、そのときのことを思い出しては、今でも涙が止まらなくなってしまうのだ。

一気に小説を読み終えた正義は、緊張でカチコチに固まった体をほぐすように、フーッと深い息をついた。腕をグルグル回し、パソコンの前で背筋《せすじ》を正す。

正義は続いて、大河内隆也の名前で発表されているページをクリックした。「2119年のデパート　大河内隆也著」という見出しが現れる。正義は息を詰《つ》め、その小説を読み始めた。

「2119年のデパート」

大河内隆也　著

時は、2119年。

街《まち》には、メタリックカラーの人影があふれている。生身の人間に代わり、頭からつま先まで全身を金属で覆《おお》われたアンドロイド——人型《ひとがた》ロボットが、その仕事を肩代《かた》わりするようになってから、かなりの時が経っていた。

ロボットが最初に現れたとき、人々は「これで大変な労働から解放される！」と喜んだ。しかし、便利な世の中は、その一方で暗いひずみを生んだ。ロボットの数が増えすぎたせいで、仕事を奪《うば》われる人間が出てきたのだ。だが、それでも便利さを追求する人間の心理が消えてなくなることはなく、その結果、一部の職場では、ロボットがすべての労働を担《にな》うようになった。

「お客様は、目鼻立ちのはっきりした顔立ちをしていらっしゃいますので、こちらのオフホワイトのブラウスがよく似合《にあ》うと思います」

デパートの洋服売り場で、そう言ってブラウスを差し出してきたのは、ロボットだ。女性が勧《すす》められるがまま、ブラウスを試着したのを見て、「お似合《にあ》いです、お客様！　本当ですよ。ロボットには、ウソをつくプログラムがインストールされていませんからね」などと、冗談《じょうだん》を飛ばすことも忘れない。しかも、それだけではない。

そのデパートの託児所《たくじしょ》では、赤ちゃんのオムツを替《か》えようとしていたロボットが、おしっこを引っかけられて「キャーッ！」と悲鳴を上げたり、地下のお総菜《そうざい》売り場にいたロボットが、お客さんにコロッケを一つオマケして、「店長には秘密《ひみつ》ですよ」と言ったりしている。

こうしたロボットの振《ふ》る舞《ま》いを批判《ひはん》する人はいない。みんなが、それをふつうのこととして受け止めている。

たしかに、ロボットが作られ始めたばかりの頃、人々が彼らに求めたのは、仕事の正確さや迅速《じんそく》さだった。だが、ロボットの数が増え、彼らが人間の職場に進出してくるようになってから状況《じょうきょう》は一変した。仕事の合間に、同僚《どうりょう》が冗談《じょうだん》の一つも言わないでいると、一緒《いっしょ》にいて息が詰《つ》まる。そこで、人々はロボットにも人間らしさや面白《おもしろ》みを求めるようになっていったのだ。

最近のロボットたちは仕事の合間《あいま》に休憩《きゅうけい》を取り、雑談までするという。そのおかげで、デパート側も、彼《かれ》らのために休憩室《きゅうけいしつ》を設《もう》けるようにさえなった。

デパートでは、学校のように全員が決まった時間に、一斉《いっせい》に休憩を取るわけではない。シフトを組み、店員は各自でバラバラに休むのだ。

その日、4時間の立ち仕事を終えたロボット№24653は、30分間の休憩を取るため、従業員専用《じゅうぎょういんせんよう》の休憩室に向かった。

「やぁ、№24653。最近、調子はどう？　この仕事にも慣れた？」

中に入るなり、輝くゴールドの金属で全身を覆《おお》われたロボットが親しげに話しかけてくる。№24653は「まぁ、なんとか」と曖昧《あいまい》な返事をして、近くのベンチに腰《こし》を下ろした。

頭に手を伸ばす。カパッと音を立てて、銀色の頭がヘルメットのように外れた。中から現れたのは、複雑な電子回路――ではなく、まだ若い女性の顔だった。

「まったく、嫌《いや》になっちゃいますね。最近は、生身の人間の採用が少ないせいで、ロボットのふりをしないと、仕事にも就《つ》けないんですから」

「本当にねぇ」

ゴールドのロボットがうなずき、両手で自分の頭を持ち上げる。いかにもロボットといった、メタリックで硬質《こうしつ》な頭の下から出てきたのは、髪に白いものが混《ま》じり始《はじ》めた女性の顔だった。

「昔はロボットが人の真似《まね》をしていたものだけど、時代は変わったね。今は、私たちがロボットの真似をしなくちゃいけないんだから！」


WEBの文芸誌が配信されてから1ヶ月が過ぎた頃、担当編集の森川から、正義のもとに電話がかかってきた。

「すごいよ、須崎くん！　この間の企画、大好評でね。君の小説が大河内くんに勝ったよ！読者投票の結果は僅差《きんさ》だったけど、勝ちは勝ちだ。おめでとう！　見直したよ！」

受話器の向こうで、ツバを飛ばしながらまくし立てている姿《すがた》が、容易に想像できる。だが、森川と正義の間には、はっきりとした温度差があった。

「そうですか、僕の勝ちですか……ありがとうございます」

「あれ、嬉《うれ》しくないの？　君のことだから、泣いて喜ぶと思ったんだけどな」

正義のあっさりとした返事を、森川は不思議《ふしぎ》に思ったらしい。だが、「まぁ、いいや」と言って、その話題はそれで終わった。

「それでさ、次に書いてもらう新作の話なんだけど……」

それから新作についての打ち合わせを軽くし、電話を切った。その瞬間《しゅんかん》、正義は頭を抱《かか》えてその場に座りこんだ。

新作の話をもらえて、嬉しい。だけど、今はそれより、「どうしよう……」という不安と焦《あせ》りのほうが強かった。

あのパーティーの日、正義は、小説家としての覚悟《かくご》がない隆也のことが許せなくて、作家として、彼にだけは負けたくないと思った。そして、短編小説での勝負を持ちかけた。そのとき、勢《いきお》い余《あま》って、つい余計なことまで口走ってしまったのだ。

「大河内くん、君がみんなから注目されてるのは、君がまだ高校生だからだよ。高校生作家は、まだめずらしいからね。もし君が高校生じゃなくても、読者は君が書いた作品を、今までと同じように評価してくれるかな？　僕は、そうは思わない。たとえば、君が僕の名前で作品を発表したとしたら、その作品は今ほど注目されないはずだ。同じように、僕が君の名前で作品を発表したら、絶対にその作品のほうが、今までの君の作品より読者に好かれると思う！」

そう言い切る自分を見て、隆也は眉《まゆ》一つ動かすことなく、淡々《たんたん》とした口調で申し出た。

「そんなにおっしゃるのであれば、作品を発表する際、著者の名前を交換《こうかん》しませんか？」と。

隆也は、たとえ自分の名前が掲載《けいさい》されなかったとしても、自分の作品のほうが読者に「おもしろい」と言ってもらえる自信があったのだろう。売り言葉に買い言葉というやつで、正義はその条件を飲んでしまった。だから、今回の勝負における真の優勝者《ゆうしょうしゃ》は、正義の名前で『僕のおばあちゃん』を発表した隆也のほうなのだ。

隆也の前でも、森川の前でも大見得《おおみえ》を切った手前、どんな顔をして、この事実を伝えたらいいだろう？

正義は悩《なや》みに悩んだ末、森川に電話をかけた。事実を教えられた森川は、正義と隆也の常識のなさと、二人の軽率《けいそつ》な行動をこっぴどく叱《しか》った。そして、出版社としては異例《いれい》の事態だが、次の号の雑誌《ざっし》で、「おもしろい作品は、作者の名前が違《ちが》っていたとしても、おもしろいと感じるのか？」という実験を前号でしたと読者に伝え、正義と隆也の著者名が入《い》れ替《か》わっていたことを明かした。

出版社にはクレームが殺到《さっとう》した。だが、世間の注目を浴びたおかげで、その雑誌と、正義が昔書いた単行本は、異例の売り上げを記録した。

正義の小説家としての知名度はアップしたし、印税がたくさん入ったおかげで、しばらくはバイトをしなくて済《す》むようになった。これで、新作の執筆に専念《せんねん》することができる。しかし、正義はこの結果を素直《すなお》に喜ぶわけにはいかず、作家として、さらなる精進《しょうじん》を重ねることを決意したのだった。

［スケッチ］

風邪《かぜ》の季節

ドキドキという鼓動《こどう》が、部屋全体に響《ひび》いている気がする。廊下《ろうか》から聞こえてくる女子生徒の声に、美樹《みき》はビクッと首をすくませ、その声が部室の前を通り過ぎていくのに気づいて、ヘナヘナと目の前の机《つくえ》につっ伏《ぶ》した。

今、悩《なや》み解決部《かいけつぶ》の部室には、部長のエリカも、隆也《たかや》も要《かなめ》もいない。それどころか、永和学園《えいわがくえん》全体の人口が減っている気がする。季節の変わり目で、急に冷えこむ日が続いたことが原因らしい。学校中で風邪《かぜ》が流行し、悩み解決部でも、美樹以外の全員が3日も学校を休んでいた。

一人きりの部室は静かで、広さはいつもと変わらないはずなのに、やたらと大きく感じる。最近は、要が何かを言って、エリカがそれにツッコミを入れるという、騒《さわ》がしい環境《かんきょう》に慣《な》れてしまったせいか、一人ぼっちの部屋は落ち着かない。美樹は、廊下へ続く扉《とびら》を見てはため息をこぼすという行為《こうい》を、さっきから何度も繰《く》り返《かえ》していた。

あの扉が開いて、誰《だれ》かが悩み相談に来たらどうしよう？　留守番《るすばん》は今回が初めてじゃないし、クライアントの悩みを聞くことくらいなら、自分だけでできる。自分一人でだって、ちゃんと対応できるところをエリカたちに見せたかった。美樹にだって、そういう小さな見栄《みえ》はある。だけど、もし自分の手に負えない、すごく難《むずか》しい相談をされたら、どうしよう？　万が一、相手があきれるような受け答えをしてしまって、悩み解決部の評判を落とすことになってしまったら？　そうしたら、みんなにどうやって謝《あやま》ればいいんだろう？

ネガティブ思考の沼《ぬま》にはまったら最後、嫌《いや》な想像ばかりが頭の中をめぐって、美樹はげんなりした。そのときだった。扉がノックされる音を耳にして、美樹は起き上がり小法師《こぼし》のように反射的《はんしゃてき》に背筋《せすじ》を伸《の》ばした。

扉を凝視《ぎょうし》する。ついにこのときが来た。できれば、みんなが部活に復帰するまで、何事も起きないでほしいと願っていたのに！

扉が再《ふたた》びトントンとノックされる音を聞き、美樹はあわててイスから立ち上がった。扉の前で軽く呼吸《こきゅう》を整え、ドアノブに手をかける。そこに現《あらわ》れた人の姿《すがた》に、美樹は動きを止めた。

頭の上でお団子《だんご》にした髪《かみ》と、でっぷり飛び出たお腹《なか》——廊下《ろうか》に立っていたのは、悩み解決部顧問《こもん》の小畑花子《おばたはなこ》だった。

「なんだ、小畑先生か……」

クライアントでないとわかって、どっと疲《つか》れが押《お》し寄《よ》せる。肩《かた》を落とした美樹のつぶやきに、小畑の眉《まゆ》が不快《ふかい》そうにピクッと跳《は》ね上《あ》がった。

「なんだとは、なんですか？　私《わたし》がここに来ては、何か問題でも？」

「あ、いえ、そんなことはないんですが……」

「まったく、あなたたち悩み部ときたら！　ふだんは元気があり余《あま》っているくせに、風邪なんかにやられて。おかげで、私の仕事が増えたじゃないですか！」

小畑はそう言うと、エリカのように「悩み解決部です！」と訂正《ていせい》できずにいる美樹の前に、ぷっくり出た下腹《したはら》と一緒に、プリントの束《たば》をつき出してきた。

「あのー、小畑先生？　このプリントは……」

美樹が困《こま》っていると、小畑は無理矢理その手の中にプリントを押しつけてきた。

「このプリントは、私があなたたち悩み部のために作ったものです。1年間の目標と活動内容について、全員に書いてもらいます。こうした証拠を残しておかないと、あなたたちは、いつまた変な暴走をするかわかりませんからね！」

「私たち、信用されてないんですね」

「あなたは、いつあなた方が、教師の信頼《しんらい》を勝ち得るような行動をしたと思いますか？」

「…………」

反論《はんろん》できずにいる美樹に向け、小畑は「提出は来週の月曜日。締切厳守《しめきりげんしゅ》ですよ！」と言い放ち、去って行った。

まるで嵐《あらし》のあとのような静けさが、部室に訪《おとず》れる。美樹は手元のプリントに視線《しせん》を落とし、「うーん」とうなった。小畑は忘《わす》れているかもしれないが、今日は金曜日だ。それなのに提出は来週の月曜日だなんて、無茶を言う。でも、ちゃんと期限を守って提出しなければ、今度は何を言われるか、わかったものじゃない。

遠くから、ドヴォルザークの『家路《いえじ》』が聞こえてきた。最終下校の時間になったらしい。美樹はもう一度プリントの束《たば》を見て、それを無言でカバンの中にしまった。

みんなが3日間も休んでいたせいで、このプリント以外にも、渡《わた》したいものがたくさんたまっていた。お見舞《みま》いがてら、みんなの家を訪ねるのもいいだろう。

美樹が学校を出て最初に向かったのは、隆也の家だった。前に何度か来たことがあるので、緊張《きんちょう》はしない。軽い気持ちでインターホンを押す。

「はーい」という明るい返事とともに、扉が開けられた。その瞬間《しゅんかん》、美樹はギョッと目を見開いて固まった。

玄関《げんかん》に現れた人は、顔が腐《くさ》って崩《くず》れ落《お》ち、むき出しになった歯の間から血がしたたり落ちている。どこからどう見ても、立派《りっぱ》なゾンビだった。

ゾンビがニッと口角《こうかく》をつり上げる。どうやら笑いかけてくれたらしいが、その姿《すがた》はホラー以外の何物《なにもの》でもない。あとずさる美樹に向かって、ゾンビは口を開いた。

「美樹ちゃん、大丈夫《だいじょうぶ》？　私よ、私。都子《みやこ》よ！」

「え？　都子さん!?」

あまりの変貌《へんぼう》ぶりにびっくりして、何度も見返してしまう。都子は隆也の姉で、今は芸大《げいだい》に通いながら、映画監督《えいがかんとく》になる修業《しゅぎょう》をしている。あの快活《かいかつ》な姉と今のゾンビ姿では、二人の共通点を探《さが》すほうが難《むずか》しい。愕然《がくぜん》としている美樹を見て、ゾンビ都子が楽しそうにクスクス笑った。

「いいね、その反応！　実は今度、大学でホラー映画を撮《と》ることになってね。ゾンビメイクの練習をしてたの」

「ホラーって……都子さん、そっち系の映画監督を目指してたんですか？」

「ううん。私は、どんなジャンルの映画でも撮れる監督になりたいから、与えられたチャンスは最大限《さいだいげん》に活《い》かそうと思ってるだけよ。どんなことも、経験しておいて損《そん》はないから！」

都子がゾンビ姿のまま、胸《むね》を張《は》って言い切る。ゾンビのくせに、妙《みょう》にポジティブで生きがいい。いつも無口《むくち》無表情《むひょうじょう》で、お地蔵《じぞう》様のような弟の隆也と、本当に姉弟かと疑《うたが》いたくなる。

「それで美樹ちゃん、今日はどうしたの？　弟に何か用？」

「あ、実は、隆也くんに渡したいものがあって……」

都子に聞かれ、我《われ》に返った美樹はカバンから例《れい》のプリントを取り出した。

「来週の月曜が締切《しめきり》なので、届《とど》けに来ました。隆也くん、大丈夫ですか？　来週には、学校に来られそうですか？」

「いろいろと心配してくれて、ありがとう。でも……あの弟は、もうダメだわ」

「えっ!?　ダメ!?」

ただの風邪だと思っていたのに、まさか病状《びょうじょう》が急変したのだろうか？　驚き、とまどう美樹を前にして、都子はため息交《ま》じりに答えた。

「あいつったら、風邪で学校を休んだのをいいことに、病院帰りに図書館で大量の本を借《か》りてきて、ベッドの中でずーっと読書をしてるんだもの。風邪は治っても、あの活字中毒《ちゅうどく》はきっと一生治らないわ。美樹ちゃんも、そう思わない？」

都子に同意を求められ、美樹はハハハと乾《かわ》いた笑いを返すことしかできなかった。

結局、その日は、隆也の読書を邪魔《じゃま》したら悪いと思い——というより、そんなことをしたら、あとが恐《こわ》いので、都子にプリントを渡して、その場をあとにした。


次《つぎ》に美樹が向かった先は、要の家だった。

中学2年生だという妹に案内され、2階《かい》に続く階段《かいだん》を上る。要はベッドに寝《ね》ていた。部屋に入ってきた美樹を見て、上半身を起こそうとする。その動きを手で制《せい》し、美樹はベッドの脇《わき》に腰掛《こしか》けた。

「要くん、具合《ぐあい》はどう？　咳《せき》はもう止まった？」

「うん、なんとかね。大じょ……ゴホッ、ゴホッ！」

その答えと裏腹《うらはら》に、要の様子《ようす》はどう見ても大丈夫そうではない。いつも笑みを浮かべている顔は熱のせいで赤くなり、瞳《ひとみ》がうるんでいる。

「私、下で水か何かもらってくるよ!」

美樹がそう言って、立ち上がろうとした。そのとき、

「おーい、要! 来てやったぞー!」

どこかのんびりした声と一緒《いっしょ》に扉が開けられ、一人の男子高生が現れた。彼は、夏が近づき、肌《はだ》の黒さに一段と磨《みが》きがかかったクロスケこと、黒田亮平《くろだりょうへい》だった。

「あれ? 相田さんも、要の見舞い?」

「うん。ちょっと渡したいものがあって……」

「そっか、俺《おれ》もだよ。てか、俺は、要に買い物を頼まれたんだけどさ」

亮平はそう言うと、持っていたスーパーの袋《ふくろ》を、寝ている要の前につき出した。要が「ありがとう!」と歓声《かんせい》を上げ、袋の中に手を入れる。彼が取り出したものは――、

「ネギ?」

美樹は目を疑《うたが》った。風邪のときに、アイスクリームやプリンを買ってきてくれと頼むのなら

わかる。それが、なぜネギ？

美樹のとまどいが、要には伝わっていなかったらしい。もらったネギを四方八方《しほうはっぽう》からながめては、「うん、いいネギだね」と満足そうにつぶやいている。その次の瞬間、美樹は雷《かみなり》に打たれたような衝撃《しょうげき》を受けた。要が至極《しごく》ナチュラルな動作《どうさ》で、ネギを自分の首に巻《ま》いたのだ。爽《さわ》やかなイケメンが笑顔でネギを首に巻きつけている姿は、シュール極《きわ》まりない。

「要……お前、何してんだよ？」

亮平が絞《しぼ》り出すようにして聞いた問いに、要はいつもと変わらぬ笑顔で答えた。

「亮平、知らないの？　日本では、熱が出たときや、咳《せき》が止まらないときに、ネギを首に巻くといいって、言われてるんだよ」

「要くん、ちょっと待って。たしかに、そういう民間療法《りょうほう》はあるけど、そういうときはふつう焼いたネギか、レンジで加熱したネギを首に巻くものだから！」

帰国子女のせいか、それとも単にそういうチャレンジャーな性格のせいか、要はこうして時々、こちらが愕然《がくぜん》とするような言動《げんどう》を平気でとる。どうして彼がこうなったのか、風邪が治ったら一度ゆっくり話を聞いてみたい。

結局、その後、亮平がレンジで加熱してきたネギを首に巻き、要は満足した様子で眠《ねむ》りについた。美樹は、預《あず》かっていたプリントをその枕元《まくらもと》に置き、ネギのつんとした香《かお》りが漂《ただよ》う部屋を、亮平と一緒にあとにした。

その後、駅で亮平と別れ、美樹が最後に向かったのは、エリカの家だった。日本を代表する製薬《せいやく》会社社長の邸宅《ていたく》だけあって、そこは家というよりお城《しろ》といったほうがいい広さと、豪華《ごうか》な内装《ないそう》を誇《ほこ》っている。お手伝いさんに案内された美樹は、まっすぐエリカの部屋に向かった。

エリカの「どうぞ」という招《まね》きにうながされ、お手伝いさんが扉《とびら》を開けてくれる。その先に現《あらわ》れた光景に、美樹は胸がギュッと締《し》めつけられるのを感じた。

広く、静かな部屋の真ん中に、天蓋《てんがい》つきの豪華《ごうか》なベッドが置《お》かれている。その中で、エリカがぽつんと一人で寝ていた。家族や友人がそばにいた、隆也や要の家とは全然違う。エリカは一人っ子で、両親は世界中を飛び回っているため、風邪を引いているときでも、そばについていてくれる人がいないのだ。

「美樹、ありがとう。来てくれて嬉《うれ》しいわ」

枕元《まくらもと》に近づいた美樹を見上げ、エリカが顔に弱々しい笑みを浮かべる。親友のめずらしく殊勝《しゅしょう》な姿に、美樹は切《せつ》なくなった。けれど、エリカが同情されて喜《よろこ》ぶ性格ではないことを知っていたので、あえてその思いを隠《かく》し、顔に優《やさ》しい笑みを浮《う》かべて聞いた。

「具合はどう？　来週は登校できそう？」

「心配してくれて、ありがとう。でも私、もうダメかもしれない……美樹、最後に私のお願いを聞いてくれない？」

「そんな！　弱気にならないでよ！」

ずっと一人で寝ていたことが、よほど心細く、こたえたのだろう。美樹は心配になって、エリカの手を握《にぎ》りしめた。しかし、エリカは元気を取《と》り戻《もど》すことなく、青白い顔で、つぶやくように続けた。

「私、どうしても死ぬ前に、美樹に謝っておきたいことがあるの。そうしないと、どうしても安心して死ねなくて……聞いてくれる？」

熱でうるんだ瞳《ひとみ》で見上げられ、美樹はこくこくと何度もうなずいた。何を言われるのかわからないけれど、こんなに寂《さび》しそうな親友を無視《むし》することはできない。

「ありがとう。実はこの間、美樹が部室に置いていたプレミアムポッキー、食べちゃったの。ごめんなさい」

「……へ？　謝るって、そんなこと？」

「そう」とうなずくエリカを見て、美樹は拍子抜《ひょうしぬ》けした。てっきりもっと仰々《ぎょうぎょう》しく、重たい話が来ることを覚悟《かくご》していたのに……。

「別にいいよ、ポッキーくらい。また買えばいいんだから」

「ありがとう。あとね、私、美樹から借《か》りていた本をお風呂《ふろ》で読んでいたら、湯船《ゆぶね》の中に落としちゃったの。それから、この前は……」

それからも次々と謝罪《しゃざい》を続けるエリカを前にして、美樹はだんだん口元が引きつってくるのを感じた。最後に、キラキラ光る目で「ごめんね」と念押《ねんお》しのように謝られ、美樹は思わず下を向いた。

「……エリカ、謀《はか》ったわね」

「何が？」

「病人相手じゃ、何を言われたって、怒れないじゃない！　こんなときに謝られたら、許《ゆる》すしかないでしょ！　もう、心配して損《そん》した！」

「ありがとう、美樹！　大好きよ！」

エリカの顔に、子どものように屈託《くったく》のない笑みが浮かぶ。

自分でも、甘《あま》いなと思う。だけど、このワガママで気まぐれで、時々妙《みょう》にかわいい、孤独《こどく》なお嬢様を前にして、不機嫌《ふきげん》で居《い》続けることは難《むずか》しかった。

美樹は結局その日、プリントを渡したあと、エリカが眠くなるまでそばにいて、一緒にいろんな話をした。


それから5日後の朝、美樹は重い足取りで学校に向かっていた。今日は、久しぶりの学校だった。先週のお見舞いのあと、みんなの風邪をもらってしまったのか、高熱と咳《せき》に悩まされ、ベッドから起き上がれなくなってしまったからだ。

みんなのお見舞いに行ったことは、後悔《こうかい》していない。だけど、美樹は校門の前に立つ仁王《におう》像ならぬ、小畑の姿《すがた》を目にして、帰りたくなった。風邪で寝こんでいたせいとはいえ、自分だけ小畑から渡されたプリントの提出が遅《おく》れたのだ。締切《しめきり》を破《やぶ》ったことに対して何を言われるか、わかったものではない。

小畑は、女子生徒たちのスカートの長さをチェックしている。美樹は、特別にスカートを短くしている女子の後ろについて、小畑の目が彼女のほうに行っているスキに、そっとその場を通り抜《ぬ》けようとした。でも、無駄《むだ》だった。

「相田さん、待《ま》ちなさい！」

小畑の目がキラッと光る。絶体絶命《ぜったいぜつめい》だ。凍《こお》りつく美樹の前に、小畑がツカツカと詰《つ》め寄《よ》ってくる。彼女は美樹の顔を真下《ました》から見上げ、言った。

「ようやく登校できましたね。元気そうな顔を見られて、安心しました」

「え……？」

今のは、聞き間違《まちが》えだろうか。病《や》み上《あ》がりとはいえ、あのいつも厳《きび》しい小畑が、こんなに優しい言葉をかけてくれるなんて。

「あの、小畑先生、私、プリントの提出が遅れちゃったんですけど……」

「そんなこと、気にしなくていいですよ。それより、あなたが登校できたことが一番です」

その穏《おだ》やかな表情からして、小畑は本気で自分の身を案じていてくれたらしい。でも、なぜここまで？　自分は風邪で休んだだけなのに。

美樹は理由を尋《たず》ねたかったが、小畑がすぐにほかの生徒の生活指導に戻《もど》ってしまったため、聞きそびれてしまった。仕方ないので、教室へ向かうことにする。しかし、そこでも美樹は、いつもと違うみんなの反応に、たじろぐことになった。

「相田さん、風邪治ったんだね。よかった」

「ホント、一時はどうなるか、心配したんだよ」

美樹は混乱した。自分はそんな重病じゃなかったのに、なんで廊下ですれ違う人が全員、奇《き》跡《せき》の生還《せいかん》を果《は》たした人に対するような言葉をかけてくるのだろう？　まさか自分の知らないところで、変な噂《うわさ》が流れていたのだろうか？

浮《う》かない気分のまま、２－Ａの教室に入ると、気づいたエリカが駆《か》け寄《よ》ってきた。

「美樹、風邪は治ったのね。よかったわ。これで悩み解決部も、通常営業に戻れるわね」

「え？　まさか私が休みの間、お休みをしてたの？　何で？」

自分は、エリカたちが風邪で全員ダウンしていた間も、頑張《がんば》って一人で活動を続けていたのに……。そう思うと、ついとがめる口調になってしまう。だが、エリカはまったく気にすることなく、肩をすくめて答えた。

「美樹がいなくても、地蔵とハイドと私の3人で、普通に活動は続けていたわよ。でも、クライアントが来ても、私たちだけだと、なぜかすぐに帰っちゃうのよ。何でかしら?」

「…………」

心の底から不思議《ふしぎ》そうにしているエリカのことは置いておいて、周りにいたクラスメイトたちの顔に視線を走らせる。彼らは美樹と目が合うと、同じように無言でうなずき返してくれた。

私は、猛獣《もうじゅう》使いじゃないんだけど――ノド元までこみ上げてきた言葉を、美樹は親友の名誉《めいよ》のために、そっと飲みこんだ。

勧《かん》誘《ゆう》作《さく》戦《せん》

6階《かい》建《だ》て校舎《こうしゃ》の一番奥《おく》。「悩《なや》み解決部《かいけつぶ》同好会」と書かれた看板《かんばん》を前にして、3年の手塚莉央《てづかりお》は最後の一歩が踏《ふ》み出せずにいた。

昔から決断力と行動力に長《た》け、「莉央は一人で何でもできるよね」と言われ続けてきた自分が、ここに来た理由はただ一つ。自分一人では、どうにもならない問題が持ち上がったからだ。

では、ノックをためらっている理由は何か？　悩み部の噂《うわさ》を思い出したからだ。

悩み部のメンバーは、その高い学力に反比例《はんぴれい》して、特に教師《きょうし》たちからの評判《ひょうばん》がすこぶる悪い。

「大人を小馬鹿《こばか》にしている」とか、「敵と見なしたものは、完膚《かんぷ》なきまでにたたきつぶす」といった噂は数知れず。しかし、その一方で、悩み部に助けてもらったことで、彼《かれ》らに一目《いちもく》置いている生徒たちがいるのも事実だ。

どれが悩み部の本当の姿《すがた》かは、わからない。そんな曖昧《あいまい》な状況下《じょうきょうか》で、彼らに悩みを打ち明けて大丈夫《だいじょうぶ》だろうか？

ノックする寸前《すんぜん》で手を止めたまま、じーっと扉《とびら》を見つめていると、急に内側から扉を開けられた。思わず身構《みがま》える莉央の前に、一人の女子生徒が現れた。腰《こし》まであるウェーブがかった髪《かみ》が印象的な美人で、目力《めぢから》が異様《いよう》に強い。３年の莉央でも知っている。彼女《かのじょ》は、悩み部部長の藤《とう》堂《どう》エリカだ。

エリカは、こちらの存在《そんざい》に気づいて出てきたわけではないらしい。自分を見て、軽く目を見《み》張《は》っている。だが次の瞬間《しゅんかん》、その目が獲物《えもの》を見つけたタカのようにキラッと鋭《するど》く光った。

「その様子《ようす》！　悩みのご相談ですか？　ご相談ですよね？　では、こちらへどうぞ！」

「えっ？　私は……！」

ここまで強引な勧誘《かんゆう》、見たことがない。莉央は抗議《こうぎ》の声を上げる間もなく、部室の中に引きずりこまれてしまった。

部屋の中央には、スナック菓子《がし》をたくさん載《の》せたテーブルが置かれており、その前に、名前の知らない女の子と、転校生の武内要《たけうちかなめ》が座《すわ》っていた。莉央も詳《くわ》しいことは知らないが、「要はアメリカの高校で問題を起こしたせいで、日本に強制《きょうせい》帰国させられたんだよ」と誰かが話しているのを聞いたことがある。イケメンだけど、間近《まぢか》で見ると、たしかに詐欺師《さぎし》のようにうさんくさい笑《え》みを顔に浮《う》かべている。

一人だけ隅《すみ》っこの席に座って本を読んでいる男子は、大河内隆也《おおこうちたかや》だろうか。地蔵《じぞう》というあだ名で、拝《おが》むと成績がアップするという噂を耳にしたことがある。受験生である莉央は、一瞬《いっしゅん》、自分も彼のことを拝んでおこうかと思った。だけど、今はそんなことをしてる場合じゃない。

「あの、私、ここには――」

「悩み相談に来たんですよね？　さぁ、何でもお話しください！」

席に着いたエリカがグッと身を乗り出し、目を輝《かがや》かせる。中央のイスに座らされた莉央は、その場にいた全員の視線《しせん》が自分に集中するのを感じて、のけぞりそうになった。だけど、同時に彼らの様子《ようす》が真剣《しんけん》そのものであることにも気づいて、退出をあきらめた。

世の中は一期一会《いちごいちえ》。迷《まよ》う自分が、悩み部の部室の前でエリカに見つかったのも、きっと何かの縁《えん》だろう。ならば、この縁にすがってみるのも一つの手だ。

そう考えた莉央は覚悟《かくご》を決め、自分がここに来た理由を話し始めた。

きっかけは、天野小百合《あまのさゆり》が部長を務めている華道部《かどうぶ》に、新入部員が10人も入ったことだった。新入生が日本の伝統芸能に興味を持ってくれることは、純粋《じゅんすい》に嬉《うれ》しい。でも、莉央はこの結果に、どうしても納得《なっとく》がいかなかった。莉央が部長を務めている茶道部《さどうぶ》には今年、新入部員が一人も入らなかったからだ。茶道も華道も、ともに由緒《ゆいしょ》正しき日本の伝統文化なのに、どうして茶道部だけ人気がない？

しかも、今回の結果には深刻《しんこく》な問題が付随《ふずい》していた。今年の茶道部には、部長である自分のほかに、2年生が二人しかいないのだ。この永和学園《えいわがくえん》において、部であり続けるためには、「部員が7人以上必要」とされている。莉央の懸念《けねん》通り、「夏休みまでに部員がそろわなかったら、同好会に格下《かくさ》げにする」と学校側から申《もう》し渡《わた》されてしまった。

同好会になったら、活動費用を減らされてしまう。それでは、茶道のお菓子や抹茶《まっちゃ》を満足に買いそろえることができなくなる。それどころか、部室も没収《ぼっしゅう》されて、茶道をやるのに柔道場《じゅうどうじょう》の端《はし》を借《か》りることになるという噂まで出ている。そんなことは、絶対に避《さ》けたかった。だから、莉央は夏休みまでに、何が何でも部員を増やす決意をした。

でも、どうやって？　1年生の仮《かり》入部期間は、とっくに過ぎているのに……。どうすれば、茶道の楽しさをみんなに理解してもらえるだろう？

　すべてを話し終えた莉央は、悩み部の反応をうかがおうとして、うつむけていた顔を上げた。その瞬間、エリカと目が合った。彼女は自分に同情してくれたのか、腕《うで》を組み、「うんうん」とうなずきながら言った。

「部員が集まらないのは、つらいですよね。私たちもこうして日々、人の相談に乗っているのに、その活動をまっとうに評価されずに苦労しています。だけど、私たちのケースと違《ちが》って、先輩《せんぱい》の場合は、茶道部自身にも問題があると思うんですよね」

「え？」

　同情的かと思いきや、最後でいきなり批判《ひはん》されて面食《めんく》らう。絶句した莉央の耳に、「エリカ！」と鋭《するど》く注意をうながす声が聞こえた。声の主《ぬし》は、名前のわからない女の子だった。彼女《かのじょ》は、莉央に向かって申《もう》し訳《わけ》なさそうな顔で頭を下げて言った。

「うちの部長が誤解《ごかい》を与《あた》える言い方をして、すみません。彼女が言いたかったのは、つまり、その……お茶って、普通《ふつう》の人には敷居《しきい》が高いと思うんですよね。なんだか難《むずか》しそうで……」

「そうそう、美樹《みき》の言う通り。お茶席《ちゃせき》って堅苦《かたくる》しい決まり事ばかりで、リラックスしてお茶を楽しむことができないんだもの。肩《かた》がこっちゃうわ」

嫌《いや》な過去《かこ》でも思い出したのか、エリカがイスの上で大きく肩を回す。彼女の発言に、莉央はムッとした。

「お言葉《ことば》だけど、藤堂さん。茶道の作法《さほう》というのは、余計《よけい》な動作《どうさ》をすべて削《そ》ぎ落《お》としていったあとに残った所作《しょさ》で構成されているのよ。私たちは、その一連の所作の中に美を見出すの」

「だから、それが問題なんですよ！　何も知らない素人《しろうと》には、そういう作法の何が楽しいか、さっぱりわからないんですから！　部の存続《そんぞく》のためには、そういう素人にも入部してもらわなきゃいけないいんじゃないいんですか？」

「それはそうだけど……！」

莉央がなおも反論《はんろん》しようとする。その間に、美樹と呼ばれた女子生徒が、あわてた様子で割《わ》って入った。

「私、思ったんですけど、たとえばもっと敷居を低くして、お茶とお菓子を軽い気持ちで楽しめるイベントを開いたら、いかがですか？　私が新入生だったら、そういうイベントに参加したいですし、そのことがきっかけで、茶道に興味がわくと思います」

「あと、そのお茶席にハイドも参加していたら完璧《かんぺき》ね。帰国子女《きこくしじょ》のハイドは、お茶なんてやったことないでしょ？　きっとみんな、ハイドの動きを見たら、『このレベルでもお茶会に参加していいんだ』って思って、安心するはずよ」

エリカの皮肉《ひにく》めいた発言を耳にして、「ハイド」のあだ名で呼ばれた要が、不満そうな声を上げる。

「ひどい言われようだなー。俺《おれ》だって、千利休《せんのりきゅう》の生涯《しょうがい》くらい知ってるのに」

「千利休の人生を知ってたからって、茶道のお作法がわかるわけじゃないわ。でも、千利休と茶道の関係についての講演《こうえん》とかをしたら、新入生にもっと興味を持ってもらえるかしら？」

「エリカ、それはマニアック過ぎると思うよ。だから、ここは……」

美樹が熱心な顔つきで議論《ぎろん》に加わる。その後も、悩み部のメンバーからは様々なアイデアが出た。しかし、残念ながら、美樹が最初に言っていた案以上に、いいと思えるものにはめぐり合えなかった。

「誰《だれ》でも気軽に参加できる、敷居の低いお茶会か……」

美樹の言葉を思い出し、つぶやく。莉央は「よし！」とうなずくと、侃々諤々《かんかんがくがく》と議論が続く部室を一人であとにした。


それから2週間が経った日の放課後、莉央は顧問《こもん》の許可を取って、ふだんの茶道部の部活動を、誰《だれ》でも参加できる公開のお茶会にした。

「今日は、お菓子に上等の練《ね》り切《き》りと干菓子《ひがし》を用意したし、お抹茶もいつもより高いやつにしたわ。桃花《ももか》ちゃん、茜《あかね》ちゃん、サポートをよろしくね！」

莉央に話しかけられ、2年の西園寺《さいおんじ》桃花と立花《たちばな》茜が「はいっ！」と意気込《いきご》んで答える。

勝負は今日一日。公開のお茶会は一回しか認《みと》めてもらえなかった。ここで新入部員を獲得できなければ、あとがないと、二人ともよくわかっているのだ。

その日のお茶会は、まずまずの出だしだった。女子を中心に、1年生が7人も集《あつ》まったのだ。

しかし、このお茶会が、茶道の所作を愛する莉央にとって、忍耐力《にんたいりょく》を試される時間になることを、このときの莉央はまだ知らなかった。

茶室を模《も》した和室で、亭主《ていしゅ》を務めていた莉央は、そこに集《つど》った生徒たちの振《ふ》る舞《ま》いに、開始

5分で心が折れそうになった。

茶道の基本となるものは、わびさびだ。静謐《せいひつ》な空間で心を落ち着け、亭主の心遣《こころづか》いや洗練《せんれん》された動きの中に、美を見いだすことが求められる。それなのに……！

「あ、この桜の花の形をしたお菓子、かわいいー」

「私、足がしびれちゃった……」

畳《たたみ》の上に並《なら》んで座った生徒たちは、キャッキャッと楽しそうにしゃべることをやめない。

「ちょっと、あなたたち！　静かにしなさい！」

見かねた桃花が、厳《きび》しい顔で注意する。続けて何か言おうとする桃花の動きを、莉央はあわてて止めに入った。

「桃花ちゃん、落ち着いて。最初は、皆《みな》さんに楽しんでもらえればいいんだから」

「でも先輩、ここはカフェじゃなくて茶室ですよ!?　なのに、みんな、ぺちゃくちゃと……」

「そう言うあなたのほうこそ、大きな声を出して、心が乱《みだ》れているわ。さぁ、皆《みな》さん、足がしびれたら、無理に正座《せいざ》を続けなくても構《かま》いませんよ。どうか足を崩《くず》して、楽にしてください」

なおも何か言いたげな表情をしている桃花を無視《むし》して、茶杓《ちゃしゃく》を脇《わき》に置いた莉央が、１年生に優《やさ》しくほほえみかける。1年生たちの間で、わぁっと歓声《かんせい》が上がった。

「部長さん、ありがとう！　実は、もう足が限界で……」

「私も助かった―」

「それはよかったわ。足がしびれていたら、お茶に集中できないものね」

本心では、莉央も1年生たちに正座《せいざ》を続けてもらいたい。それどころか、ピンと背筋《せすじ》を伸《の》ばして座れない人には、お茶会に参加する資格がないとすら考えている。だけど、ここは我慢《がまん》だ。厳しくしたら、部員は集まらない。自分たちは、同好会に降格《こうかく》するわけにはいかないのだ。

出されたお菓子を皆が食べ始めたのを見て、莉央はお茶を点《た》て始めた。今日は初心者相手のお茶会なので、上品でほろ苦《にが》い濃茶《こいちゃ》ではなく、後味《あとあじ》もさっぱりして飲みやすい薄茶《うすちゃ》を出すことにしている。回し飲みをする濃茶と違《ちが》い、薄茶の場合には、亭主が客の一人ひとりに茶を点てる。莉央は、皆が茶道を好きになってくれるよう、心を込《こ》めて茶を点てた。

最初に莉央の心遣《こころづか》いを受け取った桃花は、「お点前《てまえ》ちょうだいします」と言って、丁寧《ていねい》に一礼《れい》してから、茶碗《ちゃわん》を2回まわして口をつけた。最後には、ズズッと音を立てて茶を吸《す》いきることも忘《わす》れない。

完璧《かんぺき》だ。その凛《りん》とした立ち居振る舞《いふま》いに、莉央はほれぼれとした。桃花も入部したての頃《ころ》はおぼつかない点が多々あったけれど、1年でここまで成長してくれたなんて、部長として鼻が高い。

桃花のおかげで、莉央は心穏《こころおだ》やかに次のお茶を点てることができた。しかし……。

「あれ？　お茶の回し飲み、しないんですか？　私、あれをやってみたかったのに……。これじゃあ、カフェで飲む抹茶と変わらないんじゃないですか？」

次席《じせき》の女子生徒が、自分のために出された茶碗を見て不平をこぼす。その言いぐさに、末席に座っていた茜のこめかみが、ピクピクッと引きつるのが見えた。

「あなた、お茶会に参加するのは今日が初めてよね？　なら、教えてあげるけれど、茶道の基本は薄茶から――」

「茜ちゃん、皆さん、初心者なのよ。今日は、難《むずか》しい説明はなしでいきましょう」

「え、でも、部長……」

「そこのあなた、茶道部に入れば、すぐに濃茶の回し飲みもできるようになるわよ。あなたの所作、すごくセンスがいいもの。きっとすぐに上達するわ」

莉央にほめられ、不機嫌《ふきげん》になっていた女子生徒の顔が、あからさまなドヤ顔になる。

本心では、莉央だって茜と同じことを注意したかった。でも、それでは人がついてこないのだ。部員がいなければ、部を名乗ることすらできなくなってしまう。

「さぁ、お点前をどうぞ」

莉央はニッコリほほえみ、女子生徒の前に茶碗を差し出した。受け取った彼女がどうやってそのお茶を飲んだか、その所作は見なかったことにする。

その後も、莉央は1年生たちの振る舞いに、自らの忍耐力と精神力を試され続け――お茶会が終わったとき、莉央は胃《い》がキリキリと痛《いた》むのを感じていた。桃花と茜の2年生コンビも疲《つか》れ果《は》て、顔が死んでいる。こんなお茶会、もう二度とやりたくないと全員が思っていた。

しかし、結果から言えば、今回のお茶会は大成功だった。お茶会が終わってから1週間も経たないうちに、仮入部届《とどけ》が5通も提出されたのだ！

これで、3年の自分が引退しても、部員は7人残ることになる。茶道部は、ギリギリで同好会への降格を免《まぬが》れることができたのだ。

お茶会を開いた次の週、莉央はウキウキした足取りで部室に向かった。今日から部員が増えるのだから、そのための準備もしっかりしなければならない。だけど、そのことはまったく苦にならなかった。むしろ、楽しみですらある。

莉央は、部室にしている和室の前に着くと、自分が一番乗りだと思って、勢《いきお》いよくふすまを開けた。しかし、そこには先客がいた。2年生の桃花と茜だ。

「二人とも感心ね。終礼が終わってすぐ手伝いに来てくれたの？　ありがとう！」

上機嫌《じょうきげん》で二人に話しかける。そんな莉央の前に、桃花と茜がそれぞれ1枚《まい》の紙を差し出してきた。何だろうと思って、紙に視線《しせん》を落とす。その瞬間、莉央の顔は青ざめた。

「退部届!?　なんで!?　これは何の冗談《じょうだん》!?」

目をむく莉央に向かって、桃花と茜は、きっぱりした口調《くちょう》で告げた。

「私たち、『わびさび』を心から愛している部長のことが好きだったんです。お稽古《けいこ》が厳しくても、部長のような立《た》ち居振《いふ》る舞《ま》いができるようになるならと思って、今まで我慢《がまん》してきたのに……1年生に対してあんな態度を取るなんて、見損《みそこ》ないました！」

「下級生に媚《こ》びを売るなんてダメです！　あんな部長の姿《すがた》、見たくなかった！　この間《あいだ》の1年生たちが入部するようなら、私たちは茶道部を辞《や》めます」

「そんな……！」

言いたいことを一方的に言い、2年生二人が和室を出て行く。

やがて、畳の上に呆然《ぼうぜん》と座りこんだ莉央のもとに、新しく入部を希望した1年生5人のうち、4人がやってきた。

「部長、こんにちはー。実は私たち、仮入部届を出したあと、もう一度考えたんですけど……」

「やっぱり入部はやめることにします」

「え!?　どうして!?」

まさに泣《な》きっ面《つら》に蜂《はち》とでもいうような展開《てんかい》に、莉央が驚愕《きょうがく》して立ち上がる。そんな彼女を前にして、1年生の一人が気まずそうに言葉を続けた。

「この間のお茶会、お茶もお菓子もおいしかったし、楽しかったんですけど、やっぱりなんか違《ちが》うかなーと思って。茶道って厳しいけれど、『伝統からにじみ出る美』みたいなものがあるもんじゃないんですか？　でも、この間みたいな感じだったら、わざわざ部活で学ぶほどじゃないかなーと思って……って、部長？　大丈夫《だいじょうぶ》ですか？」

1年生が心配して顔をのぞきこんでくる。しかし、放心状態《ほうしんじょうたい》の莉央には、彼女の言葉が聞こえていなかった。

自分はバカだ。愛する茶道を守ろうとした結果、反対に一番大切なものを失ってしまうなんて。これでは、本末転倒《ほんまつてんとう》もいいところだ。

入部届を取り下げた1年生たちが部室を去って行く。莉央はその後《うし》ろ姿《すがた》を無言で見送った。涙《なみだ》でにじんだ視界の端に、自分が愛した数々の茶道具が見える。莉央はその一つを手に取り、肺《はい》の奥底から絞り出すような深いため息をついた。


こうしてドタバタの勧誘作戦が終わったあと、莉央が誠心誠意《せいしんせいい》、謝りに行ったおかげで、2年生の二人は茶道部に戻ってくれた。仮入部届を出していた残り一人の1年生は、もともと茶道に興味があったらしく、そのまま茶道部に入ってくれた。おかげで茶道部は前よりちょっとだけ前進して、4人になった。

正直なところ、部への未練《みれん》はまだ少しある。だけど、プライドを捨てて部を存続《そんぞく》させるより、たとえ同好会になったとしても、わびさびを追究する今のスタイルを貫《つらぬ》くほうが、はるかにかっこいいし、やりがいがある。それに、茶道部の矜持《きょうじ》を持った2年生が二人もいるのだから、いつか必ず茶道部は復活するだろうと、莉央は思った。

今日も茶道部の部室へ向かう廊下《ろうか》を歩きながら、莉央はその途中でふと足を止め、階段の上に目を向けた。その先には、悩み部の部室がある。彼らは、最初に聞いた噂ほどひどい連中《れんちゅう》ではなかったけれど、今回のことでは全然役に立ってくれなかった。彼らにこそ、部としての努力がもっと必要なのではないかと考え、莉央は小さく肩をすくめた。

［スケッチ］

サンタクロースにお願い

世間一般《せけんいっぱん》の姉妹《しまい》がどういうものなのか、小川由香《おがわゆか》にはよくわからない。といっても、兄弟姉妹が一人もいないわけではない。由香には、小学3年生になる年子《としご》の妹《いもうと》――瑞香《みずか》がいる。だけど、由香は、瑞香のことを妹だと思ったことがあまりない。周《まわ》りのみんなもそうだ。

あれは、友だちの相田裕太《あいだゆうた》と小倉剛《おぐらたけし》が、家に遊びに来たときのこと。みんなでリビングでゲームをしていると、仕事へ行っている母親の代わりに、瑞香がお菓子《かし》とジュースを出してくれた。

「姉《あね》の由香がいつもお世話になっています」と言いながら、丁寧《ていねい》に頭を下げる小学3年生を見て、裕太と剛は、目と口の両方をポカンと大きく開いていた。

しかも、それだけではない。2学期が始まる直前に、夏休みの宿題が終わらなくて泣きべそをかくのは、いつも由香のほうだし、親戚《しんせき》の集まりなどでしゃべりすぎて、「静かにしなさい!」と叱《しか》られるのも、決まって由香だ。どんなときでも瑞香は礼儀《れいぎ》正しく、おとなしく姉のフォローに回っている。

日々こんな調子だから、瑞香のほうが年下だというのに、由香は、妹を持った気があまりしなかった。周りの大人たちも、自分たちを見て、「あべこべ姉妹ね」と笑っている。だから、瑞香からあの話を聞いたとき、由香はとても驚《おどろ》いた。


それは、イルミネーションで輝《かがや》く街中《まちなか》に、サンタクロースの衣装《いしょう》をまとったアルバイトが出没《しゅつぼつ》し始めた、昨年の末のこと。いつものように家族４人で食卓《しょくたく》を囲んでいた由香は、瑞香の様子がおかしいことに気がついた。瑞香はもともとあまり食べるほうではないけれど、大好物の唐揚《からあ》げを前にしても、ほとんど箸《はし》を動かさずにいるなんて、さすがにおかしい。

「瑞香、どうしたの？　お腹《なか》でも痛《いた》いの？」

異変《いへん》に気づいた母親が、瑞香に話しかける。瑞香は浮《う》かない表情をした顔をチラッと上げ、力なく首を横に振《ふ》った。

「あのね、実は今日、学校で里奈《りな》ちゃんたちとケンカしちゃったの……」

「ふーん、めずらしいね。瑞香がクラスの女子とケンカするなんて」

それは、由香の正直な感想だった。昔から気が強く、こうと思ったら絶対に譲《ゆず》らない自分と違《ちが》い、瑞香はどちらかといえば、ケンカを仲裁《ちゅうさい》するタイプだ。その瑞香がケンカするなんて、よほどのことだと思う。

「ねぇ、何があったの？　原因は？」

母親が「やめておきなさい」とたしなめるのも聞かず、興味津々《きょうみしんしん》で妹に迫《せま》る。瑞香はちょっとためらっていたが、最後には渋々《しぶしぶ》教えてくれた。

「今日、クラスで『サンタはいるかどうか』って話になったの。それで、私が『絶対にいる！』って言ったら、里奈ちゃんたちに笑《わら》われたの」

「え？　サンタ？　って、あのクリスマスにプレゼントを配《くば》る、サンタクロースのこと？」

瑞香が「そう」とうなずくのを見て、由香は複雑な気持ちに襲《おそ》われた。大人びた妹が、「友だちにお歳暮《せいぼ》を贈《おく》るべきかどうか」で悩んでいたって、由香はたいして驚《おどろ》かない。だけど、彼女の口から「サンタクロース」という単語が出てきたことに、強烈《きょうれつ》な違和感《いわかん》を覚える。しかも、「サンタは実在《じつざい》するか」議論《ぎろん》で、瑞香が「サンタは存在する」側《がわ》を信じているなんて！

「お姉ちゃん、サンタさんはいるよね？　だって去年、サンタさんにお手紙を書いて送ったら、お返事が来たし、お願いした通りのプレゼントももらえたし」

「ああ、あれはね――」

由香が答えようとした。その言葉は、しかし、テーブルの下で母親に足を踏《ふ》まれたことで、声に出す前に封《ふう》じられた。「真実は黙《だま》っていろ」ということらしい。本当は、「全世界サンタクロース連盟《れんめい》」という、子どもの夢《ゆめ》を守るために活動している組織があって、そこに手紙を出し、返事をもらっただけなのだけれど……。

「ねぇ、お姉《ねえ》ちゃん、サンタさんはいるよね？」

胸《むね》の前で不安げに手を組みながら、瑞香が尋《たず》ねてくる。その様子《ようす》に、由香はかつての自分を思い出していた。

学年が上がるにつれ、だんだんと背《せ》が伸《の》びて、今まで見えなかったものが見えるようになることがある。去年の冬、両親の部屋《へや》の戸棚《とだな》に隠《かく》されていたものを見つけてしまったことが、いい例《れい》だ。

最初に見たときは、まだそれがなんであるのか、由香にはわからなかった。だけど、クリスマスの日の朝、それと同じ包装紙《ほうそうし》に包《つつ》まれた箱が自分の枕元《まくらもと》に置かれてあるのを見つけて、由香はすべてを悟《さと》った。

友だちとの会話の中で、うすうす「サンタさんは、お父さんかも」と疑《うたが》っていたとはいえ、「サンタが実在しない」とはっきりわかったときのショックといったら、言葉にできない。

いくら大人びて見えたところで、瑞香は自分より年下なのだ。純粋《じゅんすい》な心を持っているうちは、妹の夢を壊《こわ》さないでいてあげよう。由香は心を決めると、瑞香に向き直って言った。

「里奈ちゃんたちが何を言ったか知らないけど、サンタさんはいるよ。瑞香は今年もサンタさんに手紙を書いたんでしょ？　なら、クリスマスには署名《しょめい》つきの返事とプレゼントが来るよ」

「そうだよね！　お姉ちゃん、ありがとう！　クリスマス、楽しみだなー」

瑞香がテーブルの下で足をブラブラさせながら、嬉《うれ》しそうに笑う。その姿を見た由香は、「いいことをした」と思って満足した。


それからクリスマスまでの日々は、由香にとって楽しいものだった。「サンタさん、私の手紙、ちゃんと読んでくれたかな？」とか、「サンタさんって、夏の間は何をしてるんだろう？」とか、瑞香が発する子どもらしい疑問《ぎもん》に対し、由香は時に相づちを打ったり、時に一緒《いっしょ》になって真剣《しんけん》に考えたりした。

これぞ正しい姉妹のあり方だ。由香は、瑞香の子どもらしい一面をかわいいと思ったし、めずらしくお姉さんぶれることが嬉《うれ》しかった。


そうして迎《むか》えたクリスマスの朝、由香は、瑞香が隣《となり》のベッドから出て起き上がる気配《けはい》で目が覚めた。もともと早起きな妹だが、特に今日はプレゼントを早く開《あ》けたくて、夜が明けるなり、起きたらしい。

瑞香の枕元には、父親が昨日《きのう》買ってきたプレゼントの包《つつ》みが置かれている。その中身は、瑞香が欲《ほ》しがっていた「子ども用マニキュアセット」だ。マニキュアを入れるポーチの色や形までかわいいため、女の子たちに人気らしい。

由香はまだ眠たかったけれど、妹の反応が気になって、重たいまぶたを必死でこじ開けた。

そのとき、瑞香がマニキュアの入ったポーチを見て、つぶやくのが聞こえた。

「このポーチ、色が違《ちが》う。私《わたし》が頼《たの》んだのは、黄色じゃなくて、ピンクだったのに……やっぱりお父《とう》さんには、女の子に人気の色がわかんないのかなぁ……」

「……え？」

由香は耳を疑《うたが》った。今、瑞香は何と言った？　サンタからのプレゼントを見ているのに、どうしてそこで父親が出てくる!?

「瑞香、どういうこと!?　瑞香はサンタの存在《そんざい》を信じてるんじゃないの!?」

布団《ふとん》をガバッとはねのけ、ベッドから上半身を起こす。瑞香は、そんな姉の反応にびっくりしたようだった。だが、すぐにいつもの大人びた表情に戻《もど》って言った。

「お姉ちゃん、私、もう3年生だよ。子どもじゃないんだから、サンタなんて信じてないよ」

「じゃあ、なんで『サンタさんを信じてる』って言ったの？」

「これまではサンタからと、お父さん・お母さんからの分をあわせて、2つプレゼントをもらえてたでしょ。でも、お母さんたちの前で『サンタを信じてない』なんて言ったら、もらえるプレゼントが1つ減《へ》っちゃうもん」

NAYAMIBU

命の重さ

透明《とうめい》なプラスチック容器の中で、淡《あわ》いオレンジ色をしたゼリーがフルフル震《ふる》える。キウイにイチゴに、マンゴーとさくらんぼ。涼《すず》しげなゼリーの中で、まるで熱帯魚《ねったいぎょ》のようにカラフルな彩《いろど》りを添《そ》えているフルーツを見て、美樹《みき》はゴクリとツバを飲みこんだ。横を見ると、エリカの目も、部室の机《つくえ》の上に置かれたゼリーに釘《くぎ》づけになっている。

「すごいですね。これ、本当に全部先輩《せんぱい》が作ったんですか？」

本気で感心しているのだろう。目を輝《かがや》かせながら聞くエリカを見て、3年の九条七海《くじょうななみ》が少し照れくさそうに、はにかみながらうなずいた。

「昨日《きのう》の夜、弟と一緒《いっしょ》に作ったんだ。みんなの口に合うといいんだけど」

「先輩、そういう明らかな謙遜《けんそん》は、嫌味《いやみ》にしかなりませんよ。このゼリー、絶対においしいですから！」

力説《りきせつ》するエリカの横で、美樹も一緒になって何度もうなずく。いや、自分たちだけではない。いつも部室の隅《すみ》で読書に没頭《ぼっとう》している隆也《たかや》ですら、ゼリーの魅力《みりょく》には抗《あらが》えなかったのか、こちらに顔を向けている。要《かなめ》も「あのフルーツ、どうやってゼリーの中に浮《う》かべてるんだろ？」と、興味津々《きょうみしんしん》の顔つきでゼリーを見つめていた。

悩《なや》み解決部《かいけつぶ》の面々《めんめん》が、それぞれに違《ちが》う興味を示す様を見て、七海は楽しそうに笑いながら、口を開いた。

「気に入ってもらえたみたいで、よかった。どうか遠慮《えんりょ》なく食べて！　これ全部、みんなへの差し入れだから！」

「ありがとうございます！」

美樹たちは声をそろえて礼を言うなり、みんなで一斉《いっせい》にゼリーに手を伸《の》ばした。

美樹たちが七海と知り合ったのは、一ヵ月ほど前のことだ。七海には、航《わたる》という名前の中学一年生の弟がいる。美樹たちは、航が通っている中学校で起きた事件の解決を依頼《いらい》され、その真相《しんそう》を明らかにした。そのあとも、七海と廊下《ろうか》で会って話すことは時々あったけれど、彼女がこんなふうに部室を訪《たず》ねてくるのは、事件後、初めてのことだったから、最初はまた何か起きたのではないかと心配した。だが、それは杞憂《きゆう》に過ぎなかったようだ。

「最近、航はどうですか？」

あっという間にゼリーを平らげた要が、スプーンを机《つくえ》の上に置いて聞く。七海は、空《から》になったプラスチック容器を要から受け取り、てらいのない笑顔で答えた。

「心配してくれて、ありがとう。おかげさまで、最近は平和な中学校生活を送っているみたいだよ。あとは、信頼できる友だちができればいいんだけど……」

「そういうのはタイミングもありますから、急がなくていいと思いますよ」

「やっぱり要くんもそう思う？」

七海が身を乗り出し、聞いてくる。航は、七海にとってたった一人の弟だ。弟の行《ゆ》く末《すえ》が心配でならないのだろう。

美樹たちはゼリーを食べ終えたあとも、テーブルを囲みながら、いろんな話を続けた。七海を安心させるために、エリカが美樹との出逢《であ》いについて話したところ、「藤堂《とうどう》エリカの真似《まね》はしないほうがいい」と隆也につっこまれてエリカが怒ったり、「航みたいに個性《こせい》の強い子は、永和学園《えいわがくえん》に進学したらいいんじゃないか」と、みんなで真剣《しんけん》に話し合ったりした。

そのうち、七海の進路に話題が移った。七海は大学で医学部に進学し、将来は「国境《こっきょう》なき医《い》師団《しだん》」で働きたいという。美樹は今まで詳《くわ》しく知らなかったが、隆也の説明によると、「国境なき医師団」とは、中立・独立・公平な立場で、医療《いりょう》活動を行うことを目的とした、国際的なNPO《エヌピーオー》（非営利団体）らしい。その献身《けんしん》的な活動から、ノーベル平和賞も受賞しているという。

エリカは製薬会社の社長令嬢《れいじょう》だけあって、七海の夢《ゆめ》にがぜん興味をかき立てられたらしい。

「先輩はどうして国境なき医師団に入りたいんですか？　日本の整備された医療環境《かんきょう》の中で、医師として働くのは嫌《いや》なんですか？」

エリカから畳《たた》みかけるように質問され、七海が少し困《こま》ったような顔で頬《ほお》をかく。

「別に、日本の病院が嫌なわけじゃないけど……私が中学生のとき、夏休みの課題で、『国境なき医師団』について調べたことがあってね。そのときに見たCMが忘《わす》れられないんだ。そのCMでは、『国の境目《さかいめ》が命の境目であってはいけない』と言って、募金《ぼきん》への協力を呼《よ》びかけていたんだけど、そのフレーズを聞いた瞬間《しゅんかん》、『これだ！』って直感したんだよ。私も国境なき医師団に入って、その手伝いをしたいと思ったんだ」

「立派《りっぱ》な志望動機ですね。でも、紛争《ふんそう》地帯や被災地《ひさいち》での活動は、きれいごとばかりじゃありませんよ。前に、国境なき医師団で外科医をしていた方に、お話をうかがったことがあるんですけど、国境なき医師団の人たちは、医療環境が不十分なせいで、日本であれば治《なお》せる患者《かんじゃ》の命を救えなかったり、せっかく助けた患者が、『家族は全員空爆《くうばく》で死んでしまったのに、自分だけ生き残ってしまった』と絶望する場面に直面したり、つらい思いをすることも、たくさんあるんですって。先輩には、そうした現実と向かい合う覚悟《かくご》があるんですか？」

エリカがシビアな現実を語る。美樹は、七海が自分の覚悟を軽く見られたと思って、怒《おこ》りだすのではないかと心配した。しかし、七海はエリカを見て、素直《すなお》に「そうだね」と同意した。

「藤堂さんの話は、すごく難《むずか》しい問題だと思う。国境なき医師団で働きたいっていう私の夢に変わりはないけど、それでもやっぱりそういう話を聞くと、『自分は甘《あま》いな』って感じるよ。実は、この間も小論文《しょうろんぶん》の模試《もし》で、そういう設問を見て悩《なや》んだばかりだし。それは、ワクチンの開発に関する問題だったんだけど……」

七海が思案するように腕《うで》を組み、片方《かたほう》の手であごをなでながら、ゆっくり続ける。

「端的《たんてき》に言うと、その問題では、致死率《ちしりつ》が１００％に近いウィルス性の病気が、世界中に広まってしまった状況《じょうきょう》を想定していてね。細かい説明は省《はぶ》くけど、ある一人の人物が事故に遭《あ》って、病院に運ばれてきた状況を想定してみて。病院側は、その病気の特効薬《とっこうやく》を完成させるために、誰《だれ》かの『命をかけた協力』が必要なところだった。つまり、その事故に遭った人の命を犠牲《ぎせい》にすれば、特効薬が開発できて、世界中で何億人もの命が助かることになる。でも、事故に遭った人の命を救うのであれば、特効薬は完成しない。こんなとき、みんなだったら、どうする？」

「…………」

七海に見つめられ、美樹も、ほかのみんなも、すぐに答えることができなかった。

現実には、そんな状況などありえないだろうし、七海もあくまで架空《かくう》の設定として話をしている。しかし、フィクションだとしても、簡単《かんたん》に答えを出せる問題ではなかった。それどころか、すべての人を納得《なっとく》させられる正解なんて、ないに違いない。

医者の仕事は、人の命を救うことだ。いくら大勢の人の命を助けるためとはいえ、医者が特定の一人を犠牲《ぎせい》にしていいのだろうか？

真剣《しんけん》そのものといった表情の七海と向き合い、想像力をフル稼働《かどう》させて考える。そのとき、悩《なや》む美樹の隣《となり》で、エリカが重いため息をつくのが聞こえた。

「嫌《いや》な問題ですね。建前《たてまえ》としては、『手術をして、その一人の命を助ける』って答えるべきなんでしょうけど……本当に、そういう状況に直面することがあったら、私は特効薬の開発を選ぶと思います」

エリカの言葉に迷《まよ》いはない。美樹が、その凛《りん》とした横顔を凝視《ぎょうし》し、息を飲んだ。そのとき、部屋の隅《すみ》から、今の発言を値踏《ねぶ》みするような、「ふーん」という声が上がった。要だった。

「エリカのその発言は、未来の製薬会社社長としての言葉《ことば》？　それとも、一市民としての意見？　エリカは、特効薬の開発後に生じる諸々《もろもろ》の利益を計算に入れたからこそ、そういう結論《けつろん》に達したんじゃないの？」

要が挑発《ちょうはつ》的な言葉を投げかける。しかし、エリカは要のほうをチラッと見返しただけで、気にすることなく、落ち着いた口調で続けた。

「私が製薬会社の後継者《こうけいしゃ》であることは、この際、関係ないわ。私は、自分が医者の立場であっても、『最大多数の最大幸福』を主張するつもりだから。ここで特効薬を開発しておけば、一人の犠牲《ぎせい》だけで済《す》むのよ？　私は、一人でも多くの命が救われるほうを優先したい。そのせいで自分が悪人になって、人から後ろ指を指されることになったとしても」

美樹は、エリカの決意に深いものを感じた。ふだんは好き放題《ほうだい》にやっているエリカだが、時々こうして人一倍責任感の強い一面が顔を出す。美樹は、エリカのそんなところが好きだった。だけど、残念ながら、今の意見には引っかかるところがあって、手放しで賛成することはできなかった。

「エリカの覚悟《かくご》は立派だと思うよ。でも、やっぱりそれは、『自分が医者だったら』っていう安全圏《あんぜんけん》にいるからこそ、できる発言じゃないのかな？」

「え？」

親友の思わぬ反論に、エリカが肩《かた》すかしを食らったような表情になる。美樹は、気づかなかった振《ふ》りをして続けた。

「エリカは、『自分が悪人になって、後ろ指を指されることになっても』って言うけど、そういう状況になったとき、みんな、本当にそんなことをする？　相手は、憎《にく》まれ役を買ってまで、貴重《きちょう》な特効薬を開発してくれたお医者さんだよ？　そんな人のこと、みんな責《せ》めないと思うな。たとえばだけど、エリカが医者じゃなくて、病院に運ばれてきた患者の立場だったら、『特効薬を開発してください』って言える？　『最大多数の最大幸福』のために、自分は死んじゃうんだよ？」

「そうね。その場合、私は死ぬわね。でも、それは仕方ないと思うわ」

「え……」

まさかあっさり肯定《こうてい》されると思っていなかったので、美樹は驚《おどろ》いた。エリカは、言葉を失った自分の顔をひどく大人びた表情で見返し、続けた。

「私は、自分が患者《かんじゃ》だったとしても、同じ決断をするわ。その覚悟があるからこそ、自分が医師であった場合でも、そういう決断をするの」

「で、でも……私はやっぱり納得《なっとく》がいかない。いくら立派なことをしたって、死んだら終わりなんだよ？　エリカの代わりは、どこにもいないのに！」

「ありがとう、美樹。私にとっても、美樹はかけがえのない親友よ。だけど、気をつけて。今の言い方だと、『親友以外の人なら、犠牲《ぎせい》になってもいい』みたいに聞こえるわ。美樹はこういう状況下で、誰か犠牲になってもしょうがない人って、いると思うの？」

「うっ、それは…………身寄りのない死刑囚《しけいしゅう》とか？」

守るべき家族や支える相手のいない人であれば、その人が死んでも、悲しむ人は少ない。それに、ひどい考え方だけど、近いうちに死ぬことの決まっている命なら、しかもそれが『誰かのためになる』のであれば、その人自身も誇《ほこ》りを持って自分の命を差し出せるんじゃないかと思った。だけど……。

「美樹、その考え方はすごく危険《きけん》だよ。人の命に優劣《ゆうれつ》をつけることになってしまう」

そう言ったのは、今まで自分たちのやりとりを横で聞いていた要だった。

「美樹は、ホロコーストって知ってる？」

「え？　ホロ……何？」

「第二次世界大戦中に、ナチスが組織的に行った大量虐殺《たいりょうぎゃくさつ》のことを『ホロコースト』って言うんだよ。ユダヤ人の犠牲が有名だけど、ほかにもナチスは、同性愛者とか障害者《しょうがいしゃ》とか、ナチスの基準で『劣《おと》っている』と見なした人たちを虐殺《ぎゃくさつ》したり、人体実験に強制参加させたりしたんだ。過去の過ちを繰《く》り返《かえ》さないためにも、人間が、犠牲になってもいい人間を決めることなんてしちゃいけないと俺《おれ》は思う。たとえそれが死刑囚であっても、自殺志願者であってもね」

「…………そうだね。ごめん」

要の発言を聞いて、美樹はいたたまれない気持ちになった。思いつきで答えた、自分の軽《かる》はずみな発言が悔《く》やまれる。その横で、うなだれた自分をかばうためか、エリカが「なら、ハイドはどうなのよ？」と、トゲのある声を上げた。

「特効薬の開発で助かる命がたくさんあるのに、あなたはそれを見殺しにする気？」

「そんなこと言ってないよ。その状況になったら、俺もエリカと同じ判断をするかもしれない。俺は、志願者《しがん》ならアリだと思うんだ」

「どういうこと？」

いぶかしむ一同の前で、要は人差し指をピンと立て、「ほら、あれだよ」と言った。

「ハリウッド映画《えいが》なんかで、観《み》たことない？　家族や友人を助けるために、自分が犠牲《ぎせい》になったり、故郷《こきょう》を守るために志願兵として戦争に赴《おもむ》いたりするストーリーだよ。ああいうふうに志願してくれる人に協力してもらって、特効薬の開発を進めるんだ。その人のことは、もちろん記録や記憶《きおく》にきちんと残すし、その人の遺族《いぞく》は、きちんとした補償《ほしょう》を受けられるように制度を整える。これなら、みんな納得《なっとく》がいかない？」

要に問われ、エリカは大きく肩をすくめた。

「納得以前に、『犠牲者は英雄《えいゆう》にしておけば、万事《ばんじ》解決』っていうハイドの考え方は、すごくアメリカ的ね。その方向で志願者を募《つの》ったら、名誉《めいよ》目的の人だけじゃなくて、中にはお金目的の志願者も出てくるわよ。『家族にお金を残すために、自分の命を差しだそう』って思う人は、まだいいわ。それより心配なのは、保険金殺人みたいに、自分は犠牲になるつもりなんてさらさらないのに、お金もうけを企《たくら》む第三者の手で、犠牲者に仕立て上げられちゃう人よ。そんな人が出てきたら、どうするの？　というか、それ以前に、今のハイドの話は、前提《ぜんてい》からして間違っていると思うわ」

「どうして？」

エリカとの議論《ぎろん》を、純粋《じゅんすい》に楽しんでいるのだろう。要が目をキラキラさせて聞く。その顔をビシッと指さし、エリカは続けた。

「さっき先輩が話してくれた状況は、自分の意志で身を捧《ささ》げた人じゃなくて、ケガを負って病院に運ばれてきた人が対象なのよ？　重傷《じゅうしょう》で意識の朦朧《もうろう》としている人に、『特効薬の開発に、自分の命を捧《ささ》げるかどうか』という判断ができるはずないわ。そういう人の命を、医師が勝手に使っていいかどうかって話をしているのに、志願者じゃあ、論点がずれるのよ」

「うーん、それもそうだね……さすがエリカ。いいところをつくね」

要が頭をかいて、照《て》れくさそうに笑う。美樹はエリカと要の議論に圧倒《あっとう》されていた。けれど、聞けば聞くほど、二人の論点からは、重要な点が抜《ぬ》け落《お》ちているように思えて、手を挙《あ》げた。

「あのね、二人とも。最初に死刑囚の話を持ち出した私が言うのもなんだけど、やっぱりどんな場合でも、誰かの命を犠牲《ぎせい》にするのはダメだと思うの」

みんなの興味深げな視線《しせん》が、自分に注《そそ》がれるのを感じる。美樹は、緊張《きんちょう》で頬《ほお》を少し紅潮《こうちょう》させながら続けた。

「『一人の命の重さは、世界中の人の命を足したのと同じくらい重い』って言葉があるよね？私は、それって真実だと思うの。うまく説明できなくて悪いけど、その言葉は直感的に正しい気がして……」

幼稚《ようち》な理想論かもしれない。でも、自分は本当にそう思っているのだから、仕方ない。みんなの反応をこわごわ待つ美樹の隣《となり》で、エリカが真《ま》っ先《さき》に口を開いた。

「美樹は本当にいい子ね。私、美樹と親友でよかったわ」

自分に向けられたエリカの眼差《まなざ》しに、やわらかな光がにじむ。エリカだけではない。気づけば、要も七海もこちらを見て、顔に穏《おだ》やかな微笑《びしょう》を浮《う》かべている。

意見をほめられた。だけど、美樹はそんな反応をされる自分自身が恥《は》ずかしくて、耳まで真《ま》っ赤《か》になってしまった。エリカや要と違い、自分には十分な議論を交《か》わせるだけの知識がない。意見の裏《うら》にある理由や根拠《こんきょ》を論理的に説明できない自分が、歯がゆくてしょうがなかった。

美樹は、なんとも言いようのない居心地《いごこち》の悪さを覚えて、部室の隅《すみ》に目を転じた。そこでは、隆也がいつものごとく周《まわ》りを無視《むし》して読書に没頭《ぼっとう》している。だけど、美樹は知っている。隆也はこういうとき、いつもみんなの話も聞いているのだ。

「隆也くんは今の問題、どう思う?」

美樹が話題を振《ふ》ると、隆也は案《あん》の定《じょう》、喜怒哀楽《きどあいらく》の感じられない無表情な顔を上げ、いつものように淡々《たんたん》とした口調《くちょう》で答えた。

「結論から言えば、『患者を助けるか、それとも特効薬を作るか』という争点《そうてん》に対して、俺はすぐに答えを出すことはできない。しかし、相田美樹、お前が言った、『一人の命の重さは、世界中の人の命を足したのと同じくらい重い』という説だけは、真《ま》っ向《こう》から否定《ひてい》したい」

「え……」

隆也から頭ごなしに否定《ひてい》され、美樹は少なからずショックを受けた。自分の意見は、たしかに何の解決策《かいけつさく》にもならない「理想論」だ。だけど、理想だからこそ、ここまで強く否定される理由もないと思ったのに……。その証拠《しょうこ》に、隆也以外のみんなは、自分の意見を優《やさ》しく受け入れてくれた。

自分は、隆也に何を期待していたのだろう？　さっきエリカが言ってくれたみたいに、隆也にも、「相田美樹、お前は本当にいい奴《やつ》だな」と言ってもらいたかったのだろうか？

美樹は言葉を失い、うつむいてしまった。しかし、続く隆也の言動は、美樹の顔を再び上げさせるのに十分なインパクトと意外性を持っていた。

「先ほどの俺の発言について、補足《ほそく》する」

隆也はそう言うなり、席を立って、部屋の隅に置かれているホワイトボードに向かった。

「人間一人あたりの命の重さを、仮《かり》にAとしよう。単位はグラムでも、キログラムでも、トンでもいい。いずれにせよ、この命の重さをAとして、現在の世界人口を73億人《おくにん》とする——そうすると、先ほどの相田美樹の説は、次のような数式で表すことができる」

隆也がペンを手に取り、ホワイトボードに「A＝《イコール》73億×《かける》A」という数式を大きく記す。

「この数式は、Aがゼロでない限り、成り立たない。つまり、この数式を成立させるためには、命の重さをゼロと考えなくてはいけない。命の重さがゼロだということは、『人の命は大切ではない』という主張とイコールになる。そんな考え、俺は断じて認《みと》めたくないと思うが、お前たちはどうだ？」

「…………」

予想外の展開《てんかい》に、みんなポカンとした顔で隆也を見つめる。隆也は何事もなかったかのように自分の席に戻《もど》り、読みかけの本を開いた。この状況で、読書を再開するつもりらしい。

やがて静かになった室内に、クックックッと笑いをかみ殺す音が響《ひび》いた。何かと思ったら、今まで議論の行く末を見守っていた七海が口元を押さえ、肩《かた》を揺《ゆ》らしながら笑っていた。

「たしかに、そうだね。大河内《おおこうち》くんの言う通りだ」

「なんなのよ、その屁理屈《へりくつ》。せっかくマジメに議論してたのに、気が削《そ》がれたわ」

「ま、いい頭の運動にはなったよね」

エリカが不満そうに唇《くちびる》をとがらせ、要がニコニコ笑いながら言う。気づけば、部屋《へや》にはいつもの雰囲気《ふんいき》が戻《もど》っていた。穏《おだ》やかでありながら、適度《てきど》な緊張感《きんちょうかん》もあるという、なんとも形容しがたい独特の雰囲気が。

その様子《ようす》に、美樹は「もしかして」と思った。もしかして、隆也はこのために、わざと的外《まとはず》れな発言をしたのだろうか？

美樹は答えを知りたくて、隆也の顔を見つめた。同時に、「一人の患者《かんじゃ》を助けるか、それとも大勢の命を助けるか」という問いに対する、彼の本当の意見についても聞いてみたいと思った。しかし、表情の消えたその顔からは、隆也の真意を探《さぐ》ることができない。いや、たとえ声に出して聞いたところで、そのどちらの問いに対しても、彼はきっと答えてくれないだろう。

美樹はそう考え、ノド元までせり上がってきた疑問《ぎもん》をそっと飲みこんだ。

［スケッチ］

クレームの多い料理店

その日、鬼道崇《きどうたかし》の授業を受けた2年A組の生徒たちは、今までに味わったことのない恐怖《きょうふ》にさいなまれていた。

鬼道は現代文の教師で、授業のはじめによく抜《ぬ》き打《う》ちで小論文《しょうろんぶん》のテストを実施《じっし》する。この日、出題された小論文のテーマは、「中小企業群《きぎょうぐん》の潜在力《せんざいりょく》を引き出すために、行政はどのようなアプローチを取るべきか」という、高校生活とはほぼ無縁《むえん》な話題だった。

テスト終了《しゅうりょう》の合図《あいず》とともに、美樹《みき》は絶望的な気持ちで、白紙に近い答案用紙を提出した。隆也《たかや》やエリカのような例外は別として、ほかのクラスメイトたちも、自分と同じくらい書けなかったはずだと思う。

鬼道の雷《かみなり》が落ちるのを覚悟《かくご》して、全員が恐怖に身をすくめた。だが、本当の意味で、クラスが恐怖のどん底につき落とされたのは、次の瞬間《しゅんかん》だった。鬼道が、鬼瓦並《おにがわらな》みにごつくて厳《いかめ》しい顔に、慈愛深《じあいぶか》い聖母《せいぼ》のような笑《え》みを浮かべ、話しかけてきたのだ。

「すまん、すまん。今回のテーマは少し難《むずか》しかったな。次は、もう少しとっつきやすい話題にするから、みんな頑張《がんば》れよ」

この発言に、2年A組の面々は戦慄《せんりつ》し、全身に鳥肌《とりはだ》が立つのを感じた。中には、ガタガタと震《ふる》えだした者までいる。鬼道はいったいどうしたんだ!? 何か悪いものでも食べたのか!?

戦々恐々《せんせんきょうきょう》とする皆《みな》の前で、鬼道はその後も上機嫌《じょうきげん》で授業を続けた。美樹にとっては、鬼道がこうして笑顔でいることのほうが、不勉強を叱責《しっせき》されるより何倍も怖《こわ》くて不気味《ぶきみ》だった。


思えば、長い冬だった。妻と離婚《りこん》し、二人の子どもたちと引き離《はな》され、鬼道が狭《せま》いアパートで一人暮《ひとりぐ》らしをするようになってから、はや2年が過ぎようとしていた。

仕事が終わったあと、暗い家に一人で帰り、一人で夕飯を作って、一人でテレビを観《み》ては、たまに一人で泣《な》くような生活だった。涙《なみだ》がこぼれるのが番組の内容のせいなのか、自身への憐《あわ》れみを感じたせいなのか、もはや自分でもよくわからない。

最近、ひとり言も多くなった。もしかしたら、このあともずっと一人で、最期《さいご》は孤独死《こどくし》するかもしれないと心配にすらなった。

しかし、長い冬のあとには必ず春が来る。鬼道はついに出会ったのだ。自分を理解し、好意《こうい》を寄《よ》せてくれる女性と！

彼女の名前は、大槻《おおつき》聡美《さとみ》といった。30代半ばの温和な雰囲気《ふんいき》をまとった女性で、他校《たこう》で国語教師をしている。鬼道の小論文の指導法《しどうほう》が、前に教育委員会で表彰《ひょうしょう》されたことを知り、鬼道に興味を持ったらしい。国語教師の合同勉強会が開かれた際、向こうから話しかけてくれた。その後、それぞれの学校における生徒の進路や授業法などについて話しているうちに、すっかり意気投合《いきとうごう》し、今度二人で食事に行く約束をした。

昼休みの職員室で、聡美から送られてきたメールを見ていた鬼道は、口元がゆるむのをこらえきれなかった。そこには、彼女が、鬼道との食事をとても楽しみにしていると書かれており、「このお店はどうですか?」という言葉とともに、ホームページのアドレスが貼《は》ってあった。

そのホームページにアクセスすると、フォアグラの載《の》ったステーキの写真と、シャンデリアが美しい店内の写真が現れた。デートにおあつらえ向きの雰囲気《ふんいき》だ。

念《ねん》のため、グルメサイトで店の評価《ひょうか》を調べると、評価の平均は4.2点と、かなりの高得点《こうとくてん》であった。しかも、レビューの数がすごい。軽く百を超《こ》えるレビューがついていて、かなりの人気店であることがうかがい知れた。

クーポンに、「記念日にはデザートプレートをプレゼント」というサービスがあったので、鬼道は早速《さっそく》これを利用して、予約の電話をかけることにした。


それから2週間後の週末、鬼道は今にもスキップしたい気持ちで、待ち合わせ場所である駅の改札《かいさつ》に立っていた。

別《わか》れた妻とは、子どもが生まれてから、二人きりで外食をすることなんてなかった。こうして女性と二人でレストランに行くなんて、実に何年ぶりのことだろう!

鬼道が「ネクタイ曲がってないよな?」などと、落ち着かずに身なりを気にしていると、聡美がやってきた。お仕着せのような黒いスーツを着ていた勉強会のときと違《ちが》い、白いサマーニットに淡《あわ》い水色のスカートという出《い》で立《た》ちは、フェミニンで色っぽい。

鬼道が見とれていると、聡美が照《て》れたように笑いながら、頭を下げた。

「鬼道先生、ありがとうございます。今日行くレストラン、女性にすごく人気があるって聞きました。予約を取るの、大変だったんじゃないですか？」

「あ、いや、そんなことありませんよ。いい店を教えてもらえて、助かりました。今は独《ひと》り身《み》で、一緒に食事に行く相手もいませんから、こういうお店のことには、とんと疎《うと》くなってしまって……」

今、自分につき合っている女性がいないことを、さりげなくアピールする。若干《じゃっかん》の照れもあり、かすかに赤くなった鬼道を見て、聡美が楽しそうに笑った。

「鬼道先生って、見た目のイメージよりはるかに物腰《ものごし》がソフトで、かわいらしい方なんですね。私、そういう方、大好きです」

聡美の一言で、鬼道の頭の中は一面のお花畑になった。予約の電話をかけたとき、実は予約できる日があまりなかったせいで、イライラしていた。だけど、今の一言ですべて報《むく》われた。レストランに行く前から、こんなにいいムードなのだ。食事が終わる頃《ころ》には、もっと打《う》ち解《と》けていることだろう。

「鬼道先生、お腹《なか》も減りましたし、そろそろ移動しませんか？」

「あ、はい！」

聡美に笑顔でうながされ、鬼道はゆるみまくっていた口元をあわてて手で隠《かく》した。

そのレストランは、デートにふさわしいムードたっぷりの店だった。店の中央には大きなシャンデリアが飾《かざ》られ、壁《かべ》一面を覆《おお》っている窓《まど》の外に、都会の夜景が広がっている。

「素敵《すてき》なお店ですね！　ホームページの画像で見るより、ずっときれいです！」

聡美が興奮《こうふん》した声を上げる。鬼道は、その様子をかわいいと思いながら、案内された席に着こうとした。が、座《すわ》れなかった。後ろを見る。そこでは、鬼道たちを席に案内したウェイターが、ボーッと手持ち無沙汰《ぶさた》につっ立っていた。

フランス料理店では普通《ふつう》、客が座るときにウェイターがイスを引いてくれる。それなのに、このウェイターは何をしているんだろう？

鬼道が、刃物《はもの》のように鋭《するど》い切れ味の視線《しせん》をウェイターに向ける。気づいたウェイターがようやく聡美のイスを引き、彼女《かのじょ》を座らせた。次《つ》いで、彼は鬼道の側《がわ》に回り、イスの背《せ》もたれに手をかけた。

表面上は何事もなかったかのように落ち着き払《はら》って、テーブルの下から出てきたイスの上に腰を下《お》ろそうとする。その瞬間《しゅんかん》、鬼道の視界《しかい》は上下逆《さか》さまになった。床《ゆか》にゴンッと音を立てて打ちつけた頭が痛《いた》み、天井《てんじょう》がクルクル回って見える。自分が座るつもりだったイスは、はるか後方にあった。ウェイターがイスを引きすぎたせいで、鬼道はイスに座り損《そこ》なったのだ。

店内に、ざわざわとした動揺《どうよう》が広がる。店中の視線《しせん》が自分に集中しているのを感じ、鬼道はえも言われぬ怒《いか》りがふつふつとこみ上げてくるのを感じた。

「鬼道先生、大丈夫《だいじょうぶ》ですか？」

心配した聡美がイスから腰《こし》を浮《う》かせかけ、ウェイターがちっとも反省していなさそう顔つきで、「申《もう》し訳《わけ》ありません」と軽く頭を下げる。ふだんの自分なら、ウェイターを怒鳴《どな》りつけているところだ。だが、ここは我慢《がまん》だ。聡美は物腰のソフトな人が好きだと言っていたのだから！

鬼道は聡美に向かって、無理矢理作った笑顔で「これくらい大丈夫です」と言いながら、イスに座り直した。聡美も「それなら……」と言って、席に戻《もど》る。店内に落ち着いた雰囲気が戻った。食事を始めれば、きっと今の失態《しったい》は忘《わす》れてもらえるだろう。

鬼道はウェイターが差し出してきたメニューを、何事もなかったかのように受け取った。が、次の瞬間《しゅんかん》、ムムッと眉《まゆ》をひそめた。頼《たの》んでいたコースメニューの下に、料理の名前がいくつも並《なら》んでいる。その中から前菜《ぜんさい》やメインを選べということなのだろうが、どういう料理なのか、名前を見ただけではさっぱり理解できなかったのだ。これでは選びようがない。

鬼道が途方《とほう》に暮《く》れていると、聡美がスッと手を挙《あ》げ、ウェイターを呼《よ》んだ。

「すみません。このトゥルヌード・ロッシーニとは、どういう料理なんですか？」

「…………………」

ウェイターが、聡美の持っているメニューを無言で見つめる。ややあって、彼は「聞いてきます」と言うなり、奥《おく》に引っ込《こ》んでしまった。

それからたっぷり5分は経ってから、ウェイターが戻《もど》ってきた。彼の説明によると、トゥルヌード・ロッシーニとは、牛フィレ肉のステーキの上にソテーしたフォアグラをのせ、トリュフの入ったソースをかけたものらしい。

「それでは、こちらのブールブランソースは、どういうソースですか？」

聡美が次の質問をする。ウェイターは再び「聞いてきます」と言って、奥に引っ込んでしまった。結局、ブールブランソースとは、バターを使ったソースであることが判明したが、やはり回答《かいとう》までに5分はかかった。しかも、それだけで終わらなかった。

ウェイターが、聡美の3回目の質問に対し、三度目の「聞いてきます」を発したところで、鬼道の堪忍袋《かんにんぶくろ》の緒《お》が切れた。

「いい加減《かげん》にしてほしいな！　曲がりなりにも、この店のウェイターなら、メニューの内容くらい暗記しておくべきだろう!?　いちいち厨房《ちゅうぼう》に確認《かくにん》しに行くのは、どうなんだ!?」

「鬼道先生、お手柔《てやわ》らかに！　まだ新人さんなのかもしれませんよ」

聡美の優しいフォローのおかげで、一瞬《いっしゅん》燃え上がりかけた鬼道の怒《いか》りの炎《ほのお》が小さくなる。鬼道は自分を落ち着かせるために大きく息を吸《す》い、聡美のほうを向いて言った。

「大槻先生は優しいですね。たとえ初日の新人でも、お金をもらっている時点でプロですから、僕《ぼく》なんか、こういうのは絶対に許せなくて……」

鬼道が「なんか、すみません」とつけ足すと、聡美は「鬼道先生のせいじゃないんですから、お気になさらないでください」と言ってくれた。聡美は寛容《かんよう》な心を持った大人の女性だ。本当に優しい。こんな人とつき合えることになったら、どんなに幸せだろう。

デートはまだ始まったばかりだ。楽しいトークとおいしい料理で挽回《ばんかい》していけばいい。鬼道は内心で気合いを入れ直した。

しかし、挽回の機会はなかなか訪《おとず》れなかった。頼んだ料理が、いつまで経っても運ばれてこないのだ。同じタイミングで店に入った隣《となり》の客は、もう前菜を食べ終えているのに。

鬼道がウェイターを呼び止め、「料理はまだかな?」と聞くと、彼は気まずそうに目を泳がせながら答えた。

「すみません。お客様にお出しするはずだった料理ですが、あとから同じ注文をした別のお客様に、先に出してしまったようで……」

「は?」

鬼道の目が点になる。

「お前、自分のミスに気づいていたのに、黙《だま》って俺たちを待たせていたのか!?」

「す、すみません! もうすぐできると思いますので!」

鬼道がにらむと、ウェイターは逃《に》げるようにして厨房に戻ってしまった。誰《だれ》にだって失敗はあるといっても、客に叱《しか》られたときに謝ることもせず逃げるなんて、最低最悪のサービスだ。

自分がこの店のオーナーだったら、あんな奴《やつ》はすぐクビにしてやるのに!

それから10分以上待って、ようやく前菜が運ばれてきた。新鮮《しんせん》な魚介類《ぎょかいるい》を使ったマリネは酸《さん》味《み》がほどよく、おいしかった。だが、そんな店の長所を台無しにするようなサービスが、その後も続いた。違《ちが》うテーブルの料理が運ばれてきたり、自分たちの料理が違うテーブルにいってしまったりというミスが何度も繰《く》り返《かえ》されたのだ。

　さらに食事も終わり、事前に頼《たの》んでおいた記念のデザートプレートが運ばれてきたときのこと。上品な白い皿《さら》の上に、桃《もも》のコンポートやガトーショコラなどが盛《も》りつけられ、その横にチョコレートでできたメッセージプレートが添《そ》えられている。とてもオシャレで、かわいらしい一皿だったが、それを見た鬼道は、怒りを通り越《こ》して泣《な》きたくなった。

　プレートにチョコペンを使って書かれていたメッセージは、「恥美さんへ」。「聡」が「恥《はじ》」になってしまっている。致命的《ちめいてき》なミスだ。下手《へた》をすると、自分が名前を間違《まちが》えてレストランに伝えたと誤解《ごかい》されるかもしれない。間違いに気づいた聡美が、「よくあることですから、大丈夫ですよ！」とフォローしてくれたけれど、鬼道はもう限界《げんかい》だった。

「おい、お前！　ふざけるのもいい加減にしろ!!　俺に恥《はじ》をかかせる気か!?」

　このときの鬼道の様子から、彼の職業が教師だと言い当てられる人間はいなかっただろう。どう見てもカタギの人間とは思えない、鋭《するど》い目でウェイターをにらみ、鬼道は怒鳴《どな》りつけた。

「この店の責任者を出せ！　俺《おれ》はサービス料なんて絶対に払《はら》わないからな‼」

その晩《ばん》、一人暮《ぐ》らしのアパートに戻ってきた聡美は、湯船《ゆぶね》にゆっくりつかって一日の疲《つか》れを取ったあと、ベッドの上でゴロゴロしながら、近くにあった雑誌《ざっし》を開いた。

そこに載《の》っていたのは、「嫌《きら》われる男ランキング」というタイトルの特集記事だった。女性から嫌われる男の特徴《とくちょう》をランキング形式で紹介《しょうかい》しており、「自慢《じまん》が多い」「不潔《ふけつ》」「ケチ」「他人《たにん》の悪口を言う」など、嫌われ男の具体例が多数紹介《しょうかい》されている。その中で、堂々の「ワースト一位」にランクインしていたのは、「横柄《おうへい》な人、特に店員に威張《いば》る人」だった。

「今日のレストラン、料理はおいしかったけど、ウェイターは本当にひどかったなぁ……」

そうつぶやき、聡美はスマホでグルメサイトのページを開いた。最近はレビューの内容を確《かく》認《にん》することなく、評価点だけを見て店を決める人も多いようだが、聡美は違《ちが》った。デート前に自分が調べた内容を再確認するように、一つひとつのレビューに目を通す。その店に対し、多くの人が似《に》たような評価を下していた。「料理は絶品だけど、ウェイターのサービスは最低。ただし、彼氏《かれし》を連《つ》れて行くと、彼氏の性格《せいかく》を知るためのリトマス試験紙《しけんし》代わりにもなるから、便利」と。

純粋《じゅんすい》に食事を楽しむために、この店に行く人は少ない。ひどいウェイターを前にしたとき、一緒《いっしょ》に行った相手の男がどう反応するかを見て、その人柄《ひとがら》や人間性を確認することができるということで、この店は女性たちから重宝《ちょうほう》され、高い評価を得ているのだ。もちろん、聡美がこの店に鬼道を連れて行った目的も、ほかの多くの女性たちと同じだった。

「今回はよかったけど、本命が相手のデートでは絶対に利用したくないな」

聡美はホームページを閉《と》じると、代わりにメールを打ち始めた。それは、鬼道に今日のお礼を言うと同時に、これから忙《いそが》しくなるため、会えなくなると伝えるためであった。


それから数日後、鬼道はいつも通りの「鬼のような教師」に戻った。

普通、教師たちは優しいほうが生徒たちに喜ばれる。しかし、鬼道に限って言えば、怒っているほうが、生徒たちは安心することができたのだった。

怪《あや》しい隣《りん》室《しつ》

強くなってきた雨足《あまあし》が窓《まど》をたたく。今年、大学3年生になったばかりの長谷川果穂《はせがわかほ》は、思い詰《つ》めた表情で、目の前に座《すわ》っている警官《けいかん》を見つめていた。

「それで、相談したいことというのは、何ですか？」

きっと夜勤《やきん》の最中で、疲《つか》れているのだろう。机《つくえ》の上に紙とペンを置いた警官が、真面目《まじめ》な口《く》調《ちょう》とは裏腹《うらはら》に、やる気の感じられない表情で聞いてくる。

果《は》たして、この警官を信じていいのだろうか？　わからない。しかし、自分には、ほかに頼《たよ》る相手がいないのだ。

果穂はスカートの端《はし》をギュッと握《にぎ》りしめ、勇気を振《ふ》り絞《しぼ》って答えた。

「お願《ねが》いです。助けてください！　このままじゃ、私、殺されるかもしれません！」

「殺される？　君が？」

非日常的な単語の出現に、警官が不可解《ふかかい》そうに眉《まゆ》をひそめる。果穂は大きくうなずき、続けた。

「私、殺人現場を見ちゃったんです。さっき、アパートの隣《となり》の部屋を見たら、背中《せなか》に包丁《ほうちょう》をつき立てられた女性が中で倒《たお》れてて……私、どうしたらいいんでしょうか？　このままじゃ、怖《こわ》くて家に戻《もど》れません‼」

「…………………」

果穂の悲愴《ひそう》な訴《うった》えを最後に、狭《せま》い交番の中を痛《いた》いような静寂《せいじゃく》が包《つつ》んだ。外で降《ふ》っている雨の音以外、何も聞こえてこない。

もしかしてイタズラだと思われたのだろうか？　自分は、自分が見たことを、そのまま話したつもりだが、初めて聞く人には、突拍子《とっぴょうし》もない話に感じられたのかもしれない。

果穂が不安を覚えた。そのとき、警官がイスの上で背筋《せすじ》を正し、再び口を開いた。

「事情はわかりました。まずは教えてもらえませんか？　君が見聞きしたことを」

「は、はい！　ありがとうございます！」

警官は、自分の話を頭から疑《うたが》ってかかったわけではない。そのことに勇気を得て、果穂は話し始めた。自分のアパートの隣室《りんしつ》に住む、怪《あや》しい住人のことを。

私が初めて彼を見たのは、4月のことでした。私は大学に通いながら、デパ地下でお総菜《そうざい》を売るバイトをしてるんですけど、いつもバイトが終わる頃《ころ》にはクタクタに疲れ切っていて……その日も、私は重たい体を引きずって、夜遅《おそ》くに、一人暮《ひとりぐ》らしをしているアパートに帰ってきました。

まだ肌寒《はだざむ》い季節なのに、薄着《うすぎ》で外に出たことが悪かったのかもしれません。私はその日、なんとなく熱っぽくて……そういえば頭痛《ずつう》もしてましたし、お風呂《ふろ》に入るのもめんどくさくて、一刻《いっこく》も早く寝《ね》たかった……そんなとき、急に聞こえてきたんです。キュィィィンっていう、歯医者さんで使う機械のような音が、隣から。

あ、説明が遅くなりましたが、私が住んでるのは、築《ちく》40年のボロアパートです。家賃《やちん》が安いのは嬉《うれ》しいんですが、その分、壁《かべ》が薄《うす》くて……隣の音が聞こえてくるのは、ある程度、仕方ないと思うんですが、それにしても、あの音はうるさ過ぎました。しかも、1回だけで終わらなくて、キュィン、キュィィィンって、何度も断続的に聞こえてくるんです。

おかげで頭痛がひどくなるし……私は大家《おおや》さんに電話して、文句《もんく》を言おうとしました。あ、でも、結局やめたんです。あんな時間に電話をするのは、非常識《ひじょうしき》ですから。

だけど、このままではうるさくて眠《ねむ》れないし……悩《なや》んでいるうちに、だんだん腹《はら》が立ってきて、私は壁《かべ》を思い切り蹴飛《けと》ばしました。そうしたら、音はやみました。でも同時に、砂《すな》みたいなものがパラパラ落ちてきたんです。その正体に気づいた瞬間《しゅんかん》、私は青くなりました。

それは壁の一部だったんです。もともと壁紙がはがれて、所々にヒビの入っているような、古い壁だったんですけど、それが私のキックでトドメを刺《さ》されたんだと思います。私の目の高さのあたりに、親指の先くらいの小さな穴《あな》が空《あ》いてしまったんです。

正直、「まずい」と思いました。このままにしておいたら、弁償《べんしょう》をさせられます。

私は壁に張りつき、穴の状態をよく確認《かくにん》しようとしました。そのとき、たまたま隣の部屋の様子《ようす》が見えて……ゾッとしました。

穴の先にあったのは、私の部屋と同じ6畳間《じょうま》でした。だけど、私の部屋よりもっと寂《さみ》しげな印象で……床《ゆか》の上に、何て言ったらいいんでしょうか？　金属片《きんぞくへん》？　みたいなものがたくさん散らばってて……部屋の中央であぐらをかいた青年が、刃物《はもの》のようなものを手の中で動かしながら、何かブツブツ言ってたんです。

どう見たって、まともじゃありません。こういう変な人とは、関わらないのが一番です。私は何も見なかったことにして、布団《ふとん》を頭からかぶって寝ました。


次の日はバイトが休みだったので、私はいつもより早く家に帰りました。それで、夕飯を作ろうとして、立ち上がったとき……隣の部屋から、声が聞こえてきました。それは、まだ若《わか》い男の子たちがワイワイ騒《さわ》いでいるような声でした。

隣の家に、友だちが遊びに来てるんだと思いました。でも、あんな不気味《ぶきみ》な青年と友だちになるなんて、どんな人たちか……こっちは女の一人暮らしです。何かあってからでは、遅いんです。私は不安になって、例《れい》の穴から、隣の部屋をのぞきました。

お隣の床《ゆか》には、昨日と同じように、金属の破片《はへん》っぽいものが、あちこちに落ちていました。その間に、ブレザーを着た男子が5人、床の上に座っているのが見えました。みんなでタバコを吸《す》ってたんでしょうか。手から煙《けむり》が上がってるのが見えました。

あれは絶対、不良です。みんなで集まって、何をしてたのか知りませんが、ここはやっぱり関わらないほうがいいと思って……私は壁に空いていた穴の上に紙を貼《は》って、これ以上、お隣を見ないようにしました。

とはいえ、やっぱりお隣について、完全に無視《むし》することはできません。何かあったとき、何も知らないでいたら、自分の身を守ることもできなくなってしまいます。そこで、私はお隣について少し調べることにしました。

最初にわかったのは、青年の名前でした。彼は久米田成晃《くめだなりあき》という、近所の私立《しりつ》高校に通う2年生でした。この4月から、両親が仕事で海外へ赴任《ふにん》することになったため、私の住んでいるアパートで一人暮らしを始めたみたいです。

友だちの中に一人暮らしの子がいれば、その家にみんなで集まるのは、よくあることだと思います。だけど、それにしても隣の様子は変でした。

この間、急にけたたましい笑い声が聞こえてきて……私は怖《こわ》くなって、壁に貼《は》っていた紙をはがしました。それで、いつもの穴から隣をのぞいてみたんです。そうしたら、金属片が散らばっている床の上に、ガラス瓶《びん》がいくつも転がっているのが見えました。

あれは、きっとシンナーです！　親が海外でいないのをいいことに、好き放題《ほうだい》やってるんですよ！

シンナーを吸《す》う不良になんて、絶対に近づきたくありません。本当なら、すぐに引《ひ》っ越《こ》したかったんですけど、そういうわけにもいかなくて……私は、このまま何も起きないことを祈《いの》って、毎日を過《す》ごしました。だけど、無理でした。

ついさっきのことです。バイトが終わったあとですから、10時頃だったと思います。私は、いつものように、お隣に人が集まっている気配《けはい》を感じました。

また不良が集まって、変なことをしてるんじゃないか……心配になった私は、例の穴をのぞいて……心臓《しんぞう》をわしづかみにされるって、きっとあのときのような心境《しんきょう》を言うんだと思います。穴に目を押《お》しつけたまま、私は凍《こお》りつきました。

お隣の床の上には、何に使うのかわからない金属片と、ガラスの空《あ》き瓶《びん》がいくつも転がっていて……それから、一人の少女がいました。

うつぶせに倒《たお》れていたので、顔は見ていません。ただ、長い髪《かみ》がフワッと床の上に広がっていて、ブレザーを着ている背中が真《ま》っ赤《か》に染《そ》まっているのが見えました。

私はもう、びっくりしてしまって……顔を穴にこすりつけるようにして、目をこらしました。

そうしたら、見えたんです。少女の背中につき立てられていた何かが、キラッと光るのが。それは包丁でした。

少女は殺されていたんです！

私は悲鳴を上げそうになって、あわてて口を手でふさぎました。そのとき、壁の向こう側で、人影《ひとかげ》がゆらりと動くのが見えました。何が起きているのか、全然理解できなくて……再び穴にしがみつくと、壁の反対側にある穴の先に、何かが張《は》りついたのがわかりました。

それは、人間の目玉でした。眼球《がんきゅう》がギョロリと動いて……穴からのぞいた黒目が、私のことを恨《うら》みがましげに見つめていたんです。

正直、ゾワーッとしました。私は怖くて、怖くて……考えるより先に、アパートを飛び出していました。

それからのことは、よく覚えてません。無我夢中《むがむちゅう》で……気づいたら、ここに来てたんです。

交番ですべてを語り終えた果穂は、今まで感じた恐怖《きょうふ》と緊張《きんちょう》をすべて吐《は》き出すように、深呼《しんこ》吸《きゅう》を繰《く》り返《かえ》した。

警官は最初、果穂が話している内容を理解できなかったらしく、眉間《みけん》にくっきりとしたシワを刻《きざ》み、疑《うたが》うような眼差《まなざ》しをこちらに注いでいた。しかし、果穂がアパートの名前を出したあたりから、急に真剣《しんけん》な顔つきになった。もしかしたら、警察はすでに隣人の行動を怪《あや》しいと感じ、マークしていたのかもしれない。

「私、これからどうしたらいいですか？　殺人事件の目撃者《もくげきしゃ》になっちゃうなんて……」

心細さのあまり、目元に涙《なみだ》がにじんでくる。必死で助けを求める果穂を見下ろし、警官はゆっくり答えた。

「悪いけど、警察が君にしてあげられることは特にないよ」

「え!?　なんで!?　隣の部屋で人が殺されてたんですよ！　それなのに、警察が動かないって……まさか！」

言葉《ことば》の途中《とちゅう》で、最悪の予想が脳内《のうない》をよぎった。そういえば、殺人事件の話をしている間、この警官は妙《みょう》に落ち着いていた。最初は、自分の突拍子《とっぴょうし》もない話についていけないでいるだけだと思っていたけれど、本当は最初からすべて知っていた……？

この警官は、隣人とグルでは!?　彼は隣人と共謀《きょうぼう》して、自分をはめようとしているのだ！

殺人の証拠《しょうこ》か、何かを隠《かく》すために。

言葉もなく、震《ふる》えている果穂を見て、警官は再び口を開いた。

「君は知らなかったと思うけど、お隣の久米田くんから相談を受けていたんだよ。友だちを家に呼んで、騒《さわ》いでいた久米田くんにも非があるけど、それにしても、君の行動はやり過ぎだよ。君さ、久米田くんの部屋をいつも許可なくのぞいたり、近所の人に、彼のことを根掘《ねほ》り葉掘《はほ》り尋《たず》ねたり、彼が出したゴミを漁《あさ》ったりしてたでしょ?」

「そ、それは、彼が怪《あや》しいからで……! 実際、彼は人を殺してるんですよ!?」

「それは芝居《しばい》の練習だと思うよ」

「え? 芝居?」

唖然《あぜん》とする果穂の前で、警官が静かにうなずく。

「そう、芝居だよ。久米田くんからも事前に、『最近、推理劇の練習を家でしています。隣人が警察に殺人事件を訴《うった》えに来たら、彼女《かのじょ》が僕《ぼく》の部屋をのぞいていたことの状況証拠《じょうきょうしょうこ》になると思うんですけど……』という話を聞いている。まさかそんなバカなこと、起きるはずないと思っていたけど……君はここへ来た。証拠が得られてしまったな」

「…………」

警官の冷《さ》めた口調が、果穂の胸《むね》につき刺さる。その後、果穂は自分の今までの行動について、警官から説教《せっきょう》をされると同時に、怪しい隣人が隣の部屋で何をしていたのか、その真相について教えてもらった。

その晩《ばん》、築40年を超《こ》えるボロアパートの一室に、美樹《みき》たち悩み解決部の面々は集まっていた。

誰一人《だれひとり》として話すことなく、じっと1本の電話を待っている。

そのときだった。クライアントである成晃の携帯《けいたい》から着信音が流れ出したのを聞いて、美樹は体を緊張《きんちょう》にこわばらせた。

全員の視線《しせん》が成晃に集中する。みんなが見守る中、成晃は携帯に向かって何度も頭を下げながら、「はい、はい」と答えた。その表情が急速に明るくなっていったのを見て、美樹は緊張しすぎたせいで止まりかけていた呼吸をようやく再開できた。

「で、どうだったの？　警察の反応は？」

成晃が電話を切るなり、我慢《がまん》の苦手なエリカが最初に口を開く。成晃はフーッと深い息をつき、みんなの顔を順に見て、笑顔で答えた。

「隣の家の人、警察に行ったんだって。これも、悩み部のみんなに助けてもらったおかげだよ。ありがとう！」


成晃が、そのことに気づいたのは、彼がこのアパートで一人暮らしをするようになってから、しばらく経った頃のことだったという。彼はあるときから、夜中に視線を感じるようになった。

最初は気のせいだと思った。慣れない一人暮らしで、神経が過敏《かびん》になっているせいだろう。一人でいることに慣れれば、そのうち何も感じなくなるだろうと、成晃は考えた。

だが、毎晩《まいばん》まとわりつくような視線は、消えてなくならなかった。ロボット研究部に所属している成晃が、自分の部屋でロボットの部品をいじっている間も、同じ研究部のみんなで集まり、だべっている間も、ずっと背中にちりつくような視線を感じていた。

そうして、一月《ひとつき》ばかりが過ぎただろうか。成晃はある日、気づいてしまった。壁に空いた穴から、誰かがじーっと自分を見つめていることに。

成晃は怖くなって、すぐに穴をボンドでふさいだ。しかし、翌日には再び穴が開けられている。ボンドを紙やベニヤ板に変えても、効果はなかった。繰《く》り返《かえ》し穴を開けられ、監視《かんし》される。

穴の向こう側に住んでいるのは、一人の女だった。隣室の表札《ひょうさつ》に、「長谷川果穂」という名前が書かれているのを確認したし、コンビニからの帰り道に、彼女が隣の部屋に入っていくところも、この目で見た。ただ、彼女が自分の部屋をのぞいているという証拠《しょうこ》はない。穴から見えるのは彼女の目だけで、彼女だと特定できる特徴が一つもなかったのだ。

成晃が、今後どうしたらいいか迷っているうちに、女の行動はだんだんとエスカレートしていった。彼女は、成晃が出したゴミの中身を勝手に確認《かくにん》したり、学校帰りに尾行《びこう》したりするようになったのだ。警察に相談したけれど、はっきりした被害《ひがい》があるわけではなかったからか、まともに取り合ってもらえなかった。すぐに引《ひ》っ越《こ》したくても、高校生の自分が一人で不動産屋に行って、部屋を借《か》りることなんてできない。

日に日に顔色が悪くなっていく自分を心配して、同じロボット研究部のみんなが、ちょくちょく泊《と》まりに来てくれるようになった。みんなで機械いじりをしたり、馬鹿話《ばかばなし》をしたりしているときだけ気が紛《まぎ》れた。だけど、いつまでもみんなに迷惑《めいわく》をかけるわけにはいかない。どうしようかと悩んでいた矢先、その事件は起こった。

成晃が部屋に一人でいたときのこと。成晃がトイレに行った一瞬《いっしゅん》のスキをついて、誰かが部屋に侵入《しんにゅう》し、ロボットの部品を盗《ぬす》んで行ったのだ。証拠《しょうこ》はないけれど、隣室の女以外には考えられなかった。

もう、これ以上は耐《た》えられないと思った。そこで、成晃は悩み部に相談をすることにした。そして彼らと協力し、女の迷惑行為《めいわくこうい》をやめさせるために、一芝居《ひとしばい》打ったのだ。

「地蔵《じぞう》も藤堂《とうどう》さんたちも、本当にありがとう。これで、今夜から安心して眠《ねむ》れるよ」

「役に立ててよかったわ。ま、すべて私の迫真《はくしん》の演技《えんぎ》のおかげよね！」

心から安堵《あんど》している成晃を見て、エリカが胸《むね》を張《は》る。しかし、その姿《すがた》はホラー映画《えいが》の登場人物にしか見えない。なにせ彼女は血染《ちぞ》めの制服《せいふく》に身を包み、その背中にはオモチャの包丁《ほうちょう》までつき立てているのだから。

「うーん、今回の成功の鍵《かぎ》は、エリカの演技力だけだったのかな？　俺《おれ》の作った血ノリも結構いい仕事をしてたと思うんだけど」

そう言ったのは、要《かなめ》だった。彼は、エリカが着ているブレザーの端《はし》を引っ張りながら、思案《しあん》するようにつぶやいた。

「やっぱりこの血、いい色をしてるよ。ただ、できればもっとこう、見た瞬間《しゅんかん》に全身の毛穴《けあな》から冷《ひ》や汗《あせ》が吹《ふ》き出すような、ねっとりとした恐怖を演出したかったんだけどなー」

「ちょっと待って、要くん」

要のセリフに、美樹は頭を抱《かか》えた。

「血ノリだけがリアリティーたっぷりでも、それはそれで困《こま》るよ。私も、都子さんに教わったメイクを頑張《がんば》ったけど、実際にエリカにメイクしてみたら、殺された人じゃなくて、ただの顔色が悪い人っぽくなっちゃったし……」

自分で言っているそばから、落ちこんでしまう。ふだんから化粧《けしょう》をしない自分にとって、死人メイクは想像以上に難《むずか》しかったのだ。もう二度とこんな芝居《しばい》を打つことはないと思うけれど、改善《かいぜん》の余地《よち》は多分にある。

しょんぼり落ちた美樹の肩《かた》を、隣に来たエリカが慰《なぐさ》めるようにたたいた。

「美樹、気にすることないわよ。私がやるより、美樹のメイクのほうがはるかにうまかったと思うし。それに、『終わりよければ、すべてよし』ってやつよ！　悩みは無事に解決したんだから。さぁ、今日はもう撤退《てったい》して——」

「まだ事件は終わっていない」

低く、よく通る声がエリカのセリフをさえぎった。エリカがムッとした顔で振《ふ》り返る。その先にいたのは、今回の芝居の筋書《すじが》きを書いた隆也《たかや》だった。

「地蔵、どういうこと？　隣室に住んでいる女の人は、警察でお説教をされてるんでしょ？ なら、これで無事に悩み解決じゃない」

「藤堂エリカ、お前には事件の片面《かためん》しか見えていない。今回の事件、そもそもの事の発端《ほったん》はどこにあったと思う？」

「どこって、お隣さんが久米田くんにちょっかいを出したせいで……」

「なぜ隣室の長谷川果穂は、久米田成晃の部屋をのぞくようになったんだ？」

「それは……」

言葉に詰《つ》まったエリカと、隆也の間に険悪《けんあく》な空気が流れる。

美樹は、成晃から聞いた話を思い返し——「あっ！」と叫んだ。隆也を見ると、静かにうなずき返してくれた。彼は、落ちてきたメガネの縁《ふち》を指で押《お》し上げ、軽く目を閉《と》じて続けた。

「久米田成晃の目から見れば、自分の部屋の中をのぞいたり、自分のゴミを漁《あさ》ったりする長谷川果穂の行動は、迷惑行為《めいわくこうい》以外の何物《なにもの》でもないだろう。だが、長谷川果穂の立場になってみたら、どうだ？　真夜中《まよなか》に、隣室から奇妙《きみょう》な機械音が聞こえてきたり、若い男が集まって騒《さわ》いでいたりするんだ。一人暮らしの女にとって、その状況《じょうきょう》は恐怖だ。隣室の様子を確認《かくにん》しようとしたところで、不思議《ふしぎ》はない。今回の事件において、根本的な原因を作ったのは、久米田成晃、お前自身ではないのか？」

美樹も、エリカも、要も、皆《みな》が視線を隆也から成晃に移す。成晃は、痛《いた》いところをつかれたというように、顔をしかめていた。だが、最後には「うん、そうだね……」と、力なくうなずいて言った。

「僕も、初めての一人暮らしで、調子に乗って騒《さわ》ぎすぎた。そのことは、ちゃんと謝《あやま》らないといけないよね。明日、長谷川さんのところと警察に行ってくるよ」

成晃の発言に対し、隆也は「それがいい」とも、「やめておけ」とも言わない。しかし、彼の口の端が、少しだけ満足そうにつり上がっているのを見て、美樹は、これでようやく本当に事件に幕《まく》を下ろすことができたのだと感じた。

成晃はその宣言《せんげん》通り、翌日《よくじつ》、警察と果穂の家を順に回ったという。警察では、「高校生とはいえ、常識を守って一人暮らしをするように」と、こってり絞《しぼ》られたらしい。

続いて果穂の家に行った成晃は、互《たが》いの非《ひ》を認《みと》めて、今までの迷惑行為を謝ったという。成晃が単なるロボット研究部の部員で、夜中に彼が触《さわ》っていた金属片はロボットの部品だとわかって、果穂は安心したらしい。だが、彼女が、そのまま同じアパートに住み続けることはなかった。

自分が盛大《せいだい》な勘違《かんちが》いをしていたことが判明したせいで、同じ場所に住み続けるのが気まずくなったのかもしれない。夏休みが終わる頃には、どこかへ引っ越していった。その行き先がどこかは、誰《だれ》も知らない。

[スケッチ]

レギュラー会議

高校生活において、クラブの部長とは、もっとも責任ある立場の一つだ。部長の人柄《ひとがら》によって、クラブ全体の雰囲気《ふんいき》が変わるのはもちろんのこと、運動部においては、部長の姿勢《しせい》が試合の勝敗を大きく左右する。

優《やさ》しいだけでは、後輩《こうはい》からなめられる。かといって、意味もなく厳《きび》しくしては、誰《だれ》もついてきてくれない。

部のポテンシャルを最大限に発揮《はっき》するため、自分は部長として、どうあるべきか？

永和学園《えいわがくえん》の野球部で部長を務《つと》めている古田克彦《ふるたかつひこ》は、かつて「何でも話しやすい、和《なご》やかな雰囲気」を作るため、部員とのコミュニケーションに「お笑《わら》い」を取り入れようとした。だが、今一歩——どころか、今十歩くらいのところで挫折《ざせつ》した。しかも、ちょうどその頃《ころ》、永和学園のライバルである明光学院《めいこうがくいん》を相手にした練習試合で、克彦率《ひき》いる永和学園は惨敗《ざんぱい》を喫《きっ》してしまった。

永和学園の野球部では、試合のレギュラーメンバーを選ぶ権限《けんげん》が部長に与《あた》えられている。対明光戦での失敗は、永和ナインにふさわしいメンバーを選べなかった自分の責任だ。次こそは、部長としてベストな先発メンバーを選ばなくてはいけない。でも、どうやって？

克彦は考えに考えた。その結果、「民主的に開かれた野球部」を実践《じっせん》することにした。レギュラーメンバーの選抜《せんばつ》にあたって、幅広《はばひろ》い意見を求めることにしたのだ。とはいえ、部員全員をミーティングに参加させても、いたずらに場を混乱《こんらん》させるだけだ。そこで、克彦は自分と同じ3年生だけを集めて、レギュラー選抜会議を開くことにした。

折しも季節は、夏の地方大会直前。この地方大会は「夏の甲子園《こうしえん》」の予選でもあり、ここで優勝すれば甲子園に出場できる。永和学園の野球部にとって、甲子園なんて夢《ゆめ》のまた夢だが、少しでも多く勝ち進みたいと願《ねが》うのは当然のことだろう。

克彦たち3年生は、地方大会で負けた時点で、部活動から引退となる。そんな大切な試合だからこそ、克彦は、今までともに戦ってきた仲間たちと相談して、レギュラーを決めたかった。

レギュラー会議の場は、昼下がりのファストフード店に決まった。

野球部の3年は、克彦も含《ふく》め、5人しかいない。克彦たちは、土曜日の練習を午前中だけで切り上げ、ファストフード店の一番奥《おく》にあるソファー席を陣取《じんど》った。

「あー、冷えたコーラが全身にしみわたるわー」

席に着くなり、そう言ってコーラを一気飲みしたのは、服部肇《はっとりはじめ》だった。永和学園野球部で、二塁手《にるいしゅ》を任《まか》されている男だ。その向かいでハンバーガーを頬張《ほおば》っていた富田弘幸《とみたひろゆき》も、ドリンクに手を伸《の》ばし、嬉《うれ》しそうな顔で肇に同意する。

「やっぱり練習のあとは冷えた炭酸《たんさん》に限《かぎ》るな！　シェイクもいいけど、あれはデザートだよな」

「お前、シェイクはやめとけ。カロリーの摂《と》り過《す》ぎで、太って走れなくなるぞ。この間だって、明光との試合で盗塁《とうるい》に失敗しただろ？」

「えー、あの試合に負けたの、俺《おれ》のせいにするわけ？」

肇に痛《いた》いところをつかれ、弘幸がストローを加えたまま、口を大きくへの字に曲げる。

いつものことだ。みんなでファストフード店に来ると、決まって今みたいにダラダラしてしまう。だけど、今日は雑談《ざつだん》で盛《も》り上がるわけにはいかない。ちゃんとした目的があって、ここに来たのだから。克彦はみんなの注意を引くため、わざと大きな咳払《せきばら》いをして言った。

「みんな、マジメに聞いてくれ。今度の夏の大会で、俺たちは引退だ。このまま負け続きで終わっていいと、みんな思うか？」

克彦の言葉に全員が動きを止め、真剣《しんけん》みを帯《お》びた表情で自分のほうを向く。克彦は仲間たちの顔を見返し、一言一言かみしめるように続けた。

「今日、みんなに集まってもらったのは、ほかでもない。夏の大会で誰をレギュラーに推《お》すか、相談するためだ。まずは、俺が考えたメンバー表を見てくれ」

昨日一晩《きのうひとばん》、考えに考え抜《ぬ》いたメンバー表をテーブルの上に広げる。テーブルを囲《かこ》んでいる3年生たちは一斉《いっせい》に身を乗り出し、同時に、みんなして息を飲んだのが気配《けはい》でわかった。

「なぁ、克彦。このメンバー表……陽一《よういち》が入ってるけど？」

顔をしかめた肇が、メンバー表の一番下を指さす。「鎌田《かまた》陽一」と書かれたその名前は、今年、野球部に入った1年生のものだった。弘幸と残りの3年生たちも、肇の言わんとすることを理解して、克彦の訂正《ていせい》を待っている。だが、

「俺《おれ》は間違《まちが》えたわけじゃない。今度の大会では学年に関係なく、実力のある奴《やつ》をレギュラーに

したいと思う」

「はぁっ⁉　克彦、なに考えてんだよ⁉」

克彦の決断に対し、返ってきたのは予想通りのリアクションだった。無理もない、と克彦は思った。

永和学園の野球部では、今まで2・3年生を中心にレギュラーを組んできた。特に3年の引退試合となる夏の大会では、3年生を全員レギュラーとして、余《あま》った枠《わく》を2年生に回すというのが暗黙《あんもく》の了解《りょうかい》になっていた。有能な1年生よりも、翌年《よくとし》の主力となる現2年生になるべく多くの経験を積ませておくべきという配慮《はいりょ》が、その背景《はいけい》にある。

「克彦、俺たちは野球の強豪《きょうごう》校じゃないんだぜ！　最後の試合くらい、慣《な》れ親《した》しんだメンバーで楽しくやればいいじゃん！」

「なら、お前は高校最後の試合でも、この間みたいに惨敗《ざんぱい》していいっていうのか？」

「…………」

克彦の指摘《してき》に、猛然《もうぜん》と抗議《こうぎ》の声を上げていた弘幸も含め、皆《みな》が沈黙《ちんもく》する。克彦は、テーブルに着いた3年生の顔を一人ずつ見回しながら、ゆっくり口を開いた。

「たしかに俺たちの実力じゃあ、どんなに頑張《がんば》ったって、全国まで行けない。だけど、俺は少しでも多く勝ち抜いて、みんなと長く野球をやりたいんだよ」

「克彦……」

先ほどよりもさらに深く、重たい沈黙が場を満たす。やがて、その場で最初に動いたのは、野球部のセカンドとして、もっともストイックに自主練を続けてきた男――肇だった。

「俺は、克彦の意見に賛成だな。みんなも忘《わす》れたわけじゃないだろ？　俺たちがやってんのは真剣勝負なんだぜ。試合っていうのは、勝ってこそいい思い出になるもんじゃないか？　克彦だってそう思ったからこそ、レギュラーに陽一を入れたんだろ？」

「ああ」

「なら、問題ない。俺たちは、キャプテンであるお前の判断に従《したが》うぜ」

「え、でも、俺はやっぱりみんなで楽しくやりたいよ！」

弘幸が抗議の声を上げる。しかし、誰も自分に賛同しないのを見て、最後には「あー、もうわかったよ！」と半ば投げやりに叫《さけ》んで、持っていたドリンクをテーブルの上に勢《いきお》いよく置いた。そのすねた横顔を視界《しかい》の端《はし》に収《おさ》めながら、肇がやれやれという表情で口を開く。

「今回は実力主義でいくということで、この場はとりあえずの賛同を得《え》られたな。でも克彦、2年にはどうやって説明する気だ？　あいつら、最後の試合で俺たち3年に恩返《おんがえ》しをするって、ずっと張り切って練習してるんだぜ。特に信治《しんじ》なんて、野球部が休みの日も一人で自主練をしてんのに……このメンバー表には、信治の名前がないけど、本当にいいのか？」

「…………………」

克彦は何とも言えない思いで、テーブルの上に出しっ放《ぱな》しにしていたメンバー表に視線《しせん》を落とした。そこに信治の名前はない。彼に代わって、克彦は陽一の名前を書き加えたのだ。

テーブルを囲《かこ》む一同が、気まずそうに視線を交《か》わす。そのとき、

「なら、選抜《せんばつ》テストをしようぜ」

明るく、よく通る声が重苦しい沈黙を破った。声の主《ぬし》は、またしても肇だった。

「野球部全員で、実力を測るためのテストを受けるんだ。そこで認められれば、陽一じゃなくたって、誰だってレギュラーになれる。恨《うら》みっこなしの実力勝負で、どうだ？　自分の実力でチャンスを勝ち取れる奴なら、学年に関係なく、本番の試合でもいい働きをするはずだぜ。違うか？」

肇の言葉はカラッとしていて、迷《まよ》いがない。克彦は、その自信あふれる姿《すがた》にわずかな羨望《せんぼう》を覚えつつも、それこそが一番の解決策だと思った。だが、今までのように、自分一人の考えですべて決めることはしなかった。

「せっかくみんなで集まってもらったんだ。最後は3年全員で多数決にしよう。じゃあ、肇の提案《ていあん》に賛成する奴、手を挙《あ》げて」

克彦の発言を受け、その場にいた全員が各々の意思を表明する。こうして、夏の大会のレギュラーメンバーは、選抜テストによって選ばれることになったのだった。

ギラギラとした夏の太陽が中天《ちゅうてん》に達する。刺《さ》すように熱い陽射《ひざ》しが注ぐ球場には、ピリピリとした緊張感《きんちょうかん》が漂《ただよ》っていた。九回の裏《うら》、二死。対戦校のランナーが二塁《るい》と三塁にいる。得点差は2点だから、一打出れば同点に追いつかれる。

永和学園のピッチャーが大きく振《ふ》りかぶった。

対戦校のバッターが思いきってスイングする。

「わぁっ!」という歓声《かんせい》が上がった。鈍《にぶ》い当たりだったが、打球のコースがよく、ボールがピッチャーの横をすり抜《ぬ》け、二塁のベース上を通過《つうか》しようとする。二塁ランナーと三塁ランナーはすでに走り出している。

二塁ランナーまでホームインすれば、永和学園は同点に追いつかれ、延長戦《えんちょうせん》に突入《とつにゅう》する。

永和学園のスタンドで悲鳴《ひめい》が上がった。その瞬間《しゅんかん》、二塁手がセンターへ抜けようとするボールをバックハンドでキャッチし、一塁に矢のような送球をした。二塁ランナーはもう三塁を回っている。バッターがヘッドスライディングをして、一塁に飛びこんだ。そして――、

「アウトッ！」

審判《しんぱん》の鋭《するど》い声が、止まっていた球場の時間を再《ふたた》び動かす。

「よっしゃぁぁぁ！」

永和学園のピッチャーが両手を天に向かってつき上げ、叫《さけ》んだ。それを皮切りに、永和ナインは次々と勝利の雄叫《おたけ》びを上げた。キャプテンである克彦も例外ではなかった。克彦はキャッチャーのマスクを押し上げ、ファインプレーをした二塁手のもとに駆《か》け寄《よ》った。

彼の活躍《かつやく》がなかったら、自分たち3年生は今日で引退になっていたかもしれない。そう考えると感慨《かんがい》もひとしおで、克彦は涙《なみだ》ぐみながら彼の背中《せなか》をたたいて言った。

「ナイスキャッチ、ナイス送球!!」

克彦に褒《ほ》められ、二塁手が心の底から嬉《うれ》しそうに、えくぼを作って笑う。二塁を守っていた彼《かれ》は、2年の信治だった。

野球部の今後について、3年生で話し合った次の日、克彦は野球部全員の前で、選抜テストの実施《じっし》を発表した。前例のない「レギュラー選抜テスト」を耳にして、動揺《どうよう》を隠《かく》せぬ者もいたが、中には信治のように、そのことがかえって励《はげ》みになった者もいたらしい。だが、光があるところには必ず陰《かげ》がある。今回もそうだ。

試合が終わったあとも、ファインプレーをした信治に向け、皆《みな》が口々に声をかけていく。信治は嬉しそうに笑っていたが、控《ひか》えのベンチから出てきた選手を目にして、わずかに表情をこわばらせた。

「服部先輩……」

その控《ひか》えの選手は、実力主義を最初に主張した3年生――服部肇、その人だった。

実力主義を徹底《てってい》した場合、信治は1年の陽一にレギュラーの座を奪《うば》われると危《あや》ぶまれた。だが、実際にはその危機感《ききかん》が原動力となって、さらなる猛練習《もうれんしゅう》を重ね、急激《きゅうげき》な成長を果たした。

あまつさえ、彼は肇と同じ二塁手へコンバートし、二塁手の選抜テストを受ける申し出までした。そして見事、肇に代わって二塁手の座を射止めたのだ。

グラウンドで、肇を前にした信治が、今にも泣きそうな顔で何か言おうとする。その頭を、肇の大きな手がわしゃわしゃと乱暴《らんぼう》になでた。

「やったな、信治。次もこの調子で頼《たの》むぞ」

「……はい!」

肇がどんな顔をしていたか、克彦の位置からは見えなかった。いや、あえて見ようとはしなかった。

「ま、勝つも負けるも、すべて実力しだいさ」

肇が誰にともなくつぶやくのが聞こえた。それが彼の本音《ほんね》か、それとも悔《くや》しさまぎれのセリフかはわからない。ただ、前者であってほしいと、克彦は願《ねが》うのだった。

悩《なや》み部《ぶ》の落《らく》日《じつ》

その日の放課後、永《えい》和《わ》学《がく》園《えん》で2年B組の担《たん》任《にん》を受け持っている飯《いい》田《だ》直《なお》子《こ》は、じくじく痛《いた》む胃《い》を服の上から押《お》さえ、今にも泣きそうな顔になっていた。胃《い》痛《つう》の原因は、どう考えてもストレスでしかない。

これから2年生のクラス担任が集まり、学年会議を開くことになっている。それは別にいい。問題は、「前《ぜん》門《もん》の虎《とら》、後《こう》門《もん》の狼《おおかみ》」とでもいうべき、今のシチュエーションだ。

パイプイスの上で身を縮《ちぢ》こまらせていた直子は、自分の右《みぎ》隣《どなり》をわずかに見やり――やっぱり何も見なかったことにした。

そこには、2年C組の担任である鬼《き》道《どう》崇《たかし》が腰《こし》かけていた。もともと鬼《おに》瓦《がわら》のようにごつくて恐《こわ》い顔つきをしているが、今日はそこに、閻《えん》魔《ま》大《だい》王《おう》もはだしで逃《に》げ出しそうなほどの迫《はく》力《りょく》が加わっている。噂《うわさ》によると、鬼道はこの間、交際を考えていた女性に逃げられてしまったらしい。そのせいで、ずっと不機嫌《ふきげん》だという。

直子は声にならないため息をつき、今度は自分の左隣を見た。が、それで気が休まることはない。むしろ、胃の痛みが強くなった気がする。

そこにいたのは、2年A組の担任である小畑花子《おばたはなこ》だった。こちらも不機嫌そうに胸《むね》の前で腕《うで》を組み、イスの上でフンッとふんぞり返っている。きっと彼女が顧問《こもん》をしている悩み部関係で、何か問題が生じたのだろう。それしか考えられない。

直子には、小畑の苦労が手に取るようにわかった。直子自身、昨年度《さくねんど》はクラス担任として、悩み部のメンバーには頭を悩まされ続けていた。だけど、いくら彼らの相手が大変だからといって、自分に八《や》つ当《あ》たりをするのはやめてほしい。

直子は、小畑と鬼道を刺激《しげき》しないよう、二人の間で、おとなしくイスに座《すわ》っていることにした。それはもう、自分の存在《そんざい》を忘《わす》れてもらえるように、呼吸《こきゅう》の回数まで減らすほどに。

そうして息をひそめ、じっとしていると、会議室の扉《とびら》がガラッと開いて、中年の男が現れた。2年D組の担任をしている大山厳太郎《おおやまげんたろう》だ。

大山は、一目見ただけで、部屋を満たしているギスギスした空気に気づいたらしい。いつもほがらかな笑顔が一瞬《いっしゅん》にして引きつる。

自分も大山も、被害者《ひがいしゃ》だ。ただただ平穏《へいおん》な一日を過ごしたいだけなのに、不機嫌そうな小畑と鬼道という、最悪の組み合わせに遭遇《そうぐう》してしまった。

直子は大山に向かって、「今日はおとなしくしていましょう」と、目で訴《うった》えた。だが、直子の向かいに座った大山は、その視線《しせん》を別の意味で受け取ったらしい。

「えーと、その……もうすぐー学期も終わりですね。飯田先生は夏休みに、例の彼氏とどこかへ出かけられるんですか？」

大山がそう聞いた瞬間、ビシッと音を立てて、部屋の空気が凍《こお》りついた気がする。大山なりに場の空気を和《なご》ませようとして、気を遣《つか》ってくれたのはわかる。直子はしかし、彼がした質問のせいで、両端《りょうはし》から物騒《ぶっそう》に光る目でにらまれてしまった。

――大山先生、空気読んでぇぇぇぇ！

直子は、心の中で泣《な》き叫《さけ》んだ。しかし、その願《ねが》いが大山に通じることはなく、まさに針《はり》のむしろとでもいうべき雰囲気《ふんいき》の中で、学年会議は始まった。

学年会議のあった日、小畑は機嫌が悪かった。正確《せいかく》には、その前日から、ずっと虫の居所《いどころ》が悪かった。その様子《ようす》は誰《だれ》の目にも明らかなようで、もともと気の弱い飯田直子などは、同じ部屋の中にいるだけで、小動物のようにプルプル震《ふる》えていた。学年会議がなかったら、きっと部屋から一目散《いちもくさん》に逃げ出していたことだろう。

不必要に怖《こわ》がらせてしまって、悪かったと思う。だけど、小畑は自分の感情を自分でコントロールできないくらい、腹《はら》が立っていた。その原因は、例によって悩み部に関係している。

昨日、永和学園の体育館では大きなイベントが開催《かいさい》された。誰が作ったのか知らないが、巨大な白いのぼりに黒々とした墨《すみ》で書かれたキャッチフレーズは、「永和学園クイズ選手権《せんしゅけん》！　みんな、ロンドンに行きたいか!?」。何のパクリだとつっこみたくなる内容だが、間違《まちが》ってはいない。

永和学園では、2年に一度、海外の提携校《ていけいこう》が集まる交流合宿に、生徒を派遣《はけん》することになっている。その開催場所が、今年はロンドンなのだ。

こういう交流合宿には、学校の名誉《めいよ》を汚《けが》さないよう、学校側が品行方正な生徒を代表に選んで送ることが多い。だが、鬼道のような一部の例外を除《のぞ》き、個性と自由を尊《とうと》ぶ永和学園では、事情が少し異《こと》なった。きっかけは、学園長である朝倉《あさくら》ひなたの提案だった。

「こういう交流会で大切なのは、参加者の意欲《いよく》の高さと情熱だと思うの。まだみんな若《わか》いんだから、元気でやる気のある生徒に参加してもらいたいわ」

異論《いろん》はあるかもしれないが、朝倉の提案も一理《いちり》あると言うことで、職員会議の結果、今年は交流合宿への参加に有志《ゆうし》を募《つの》ることになった。ここまではいい。問題は、その選考方法だった。

一部の生徒たちが、朝倉に、「どうせなら、選考会自体をイベントにしたら、どうですか？」と持ちかけたらしい。その結果、今年は「交流合宿の参加者」を選ぶために、「永和学園クイズ選手権」なるイベントが開かれることになった。クラスでも、クラブでも、仲良しグループでも、何でもいい。生徒たちは、４人のチームを作って競《きそ》うのだ。

クイズ選手権には、全部で54チームがエントリーした。選考過程《かてい》は、丸バツ問題を通じて、8チームにまで絞《しぼ》られる予選と、早押《はやお》しクイズを行う本戦の2部から成り立つことが決まった。

この選考方法までなら、まだ百歩譲《ゆず》って許《ゆる》せる。小畑にとって、どうしても許せないのは、エントリーした54チームの中に、悩み部がいたことだ。

相田美樹《あいだみき》はまだマシとして、悩み部の残る３人は協調性に乏《とぼ》しい。というより、そもそも、他人《たにん》に関心がない。彼らが、他校との交流に興味を持つはずがないと思って、油断《ゆだん》していた。悩み部が代表に選ばれる事態《じたい》だけは、絶対に避《さ》けなければならない。あんな連中《れんちゅう》を永和学園の代表として海外に送り出すなんて、世界中に永和学園の恥《はじ》をさらすようなものだ。

しかも、それだけでは済《す》まない。悩み部が優勝《ゆうしょう》した場合、顧問《こもん》の自分が彼らを引率《いんそつ》することになるだろう。彼らと一緒《いっしょ》に海外旅行なんて、まっぴらゴメンだ！　せっかく最近、ダイエットの効果が現れ、やせてきたのに、いらぬストレスでリバウンドなんてしたくない！

クイズ選手権の当日、小畑は悩み部の敗退を祈《いの》った。こんなに真剣《しんけん》に何かを祈ったのは、永和学園への就職《しゅうしょく》が決まり、「生徒たちから愛される先生になりたい」と祈ったとき以来、初めてのことだった。だが、天は小畑の願いを聞き入れてくれなかった。

予選の丸バツ問題は、校庭で行われた。○と×、2つのスペースに分けられたグラウンドで、たとえば、「人とナメクジはDNA《ディーエヌエー》が70％一致《いっち》する。○か×か？」という問題に対し、「○」だと思えば「○」のスペースへ、「×」だと思えば反対のスペースへ、チームごとに移動し、間違えたチームは、その場で敗退となる。このナメクジ問題で、実に半数以上の生徒が「×」と答え、グラウンドを去って行ったが、悩み部は残った。彼らは、そのあとの問題も次々と正解し、本戦へ出場できる8チームの中に入った。

冷静に考えてみれば、当然の結果だ。悩み部の連中は、人間的には様々な問題を抱《かか》えていても、学業成績に関してだけは、非《ひ》の打《う》ち所《どころ》がない。相田美樹を除《のぞ》いた残りの3人は、2年生の学年首位から3位までを独占《どくせん》している。

彼らは「緊張《きんちょう》」することもないらしい。本戦では、8つのチームを4チームずつ、2つのグループに分けて早押《はやお》しクイズを行う。この4チームの中で、最初に10問正解したチームだけが決勝に進めることになっている。本戦に進んだ生徒たちの多くがプレッシャーに負けたり、あがったりして、答えをど忘《わす》れする中、悩み部のメンバーは、自分たちのブースに設置されているボタンを淡々《たんたん》と押し、そのたびにピコーン、ピコーンと軽快な音が体育館に響《ひび》いた。彼らはどんな問題に対しても、素早《すばや》く反応し続けた。

たとえば、藤堂《とうどう》エリカ。「アルコール及《およ》びアルカリという単語は、何語に由来する言葉か？」という問題を聞くなり、目の前のボタンを勢《いきお》いよく押して答えた。

「アラビア語！　アルは、アラビア語の定冠詞《ていかんし》よ！」

さすが製薬《せいやく》会社の社長令嬢《れいじょう》だけのことはある。残りの理系の問題も、エリカがほとんど一人ですべて答えてしまった。

また、学年首位の大河内隆也《おおこうちたかや》は、こんなときでも無表情のまま、「国木田独歩《くにきだどっぽ》」、「１９８４年」、「トルストイ」といった、文学系の問題に対する解答を次々と口にしていた。地蔵《じぞう》のあだ名は伊達《だて》じゃない。妙《みょう》に落ち着いたそのたたずまいは、クイズの参加者というより、まるで無心に念仏《ねんぶつ》を唱えている僧侶《そうりょ》のように、小畑には見えた。

他方、芸術関係の問題で活躍《かつやく》したのは、武内要《たけうちかなめ》だ。「画家のピカソは、１９１１年に――」と、司会者が問題を読み上げている途中《とちゅう》でボタンを押し、にっこり笑顔で答えた。

「『モナリザ』だよ。１９１１年に、モナリザが何度目かの盗難《とうなん》に遭《あ》ったとき、ピカソが容疑《ようぎ》者《しゃ》として逮捕《たいほ》されたんだ。もちろん、すぐに濡《ぬ》れ衣《ぎぬ》だとわかって、釈放《しゃくほう》されたけどね」

さらに、悩み部が苦戦すると思われた芸能問題では、相田美樹がそれなりの成果を見せていた。ふだんは目立たない彼女だが、悩み部の一員だけあって、やるときはやるらしい。

悩み部の快進撃《かいしんげき》はとどまるところを知らず、破竹《はちく》の勢《いきお》いで最初の早押しクイズを勝《か》ち抜《ぬ》き、決勝に駒《こま》を進めてしまった。このままでは、大変なことになってしまう。

世界史の教師として、小畑もロンドンには行きたい。ロンドン塔《とう》やバッキンガム宮殿《きゅうでん》など、見学したい場所がたくさんある。だけど、悩み部の連中と一緒ならば、お金をもらったって、行きたいわけがない。

小畑は、決勝で悩み部と対戦するチームがどこになるか、もうーグループの対戦結果を、手に汗《あせ》握《にぎ》りながら見守った。そして、彼らが決勝進出を決めた瞬間《しゅんかん》、そこにかすかな希望を見いだした。なぜなら、予選を勝ち抜いたのは、現生徒会のメンバー4人組だったからだ。

生徒会長の矢神司《やがみつかさ》が、副会長の北川深雪《きたがわみゆき》らを引き連れ、体育館の右手に用意されているブースに進む。司は、向かいのブースに立っている隆也の顔を見据《みす》え、朗々《ろうろう》とあたりに響《ひび》き渡《わた》る声で告げた。

「大河内くん、ついにこの時が来たね。君とこうして公《おおやけ》の場で競うことができて、光栄だよ」

「…………………」

「おや、だんまりを決め込《こ》むつもりかい？　まぁ、それもいい。君は、いつまでそのポーカーフェイスを貫《つらぬ》いていられるかな？　学年11位の僕の実力、とくと思い知るがいい！」

「……会長、それではまるで、負けのフラグが立った悪役《あくやく》のセリフです。それに、学年11位は、自慢《じまん》するにしては微妙《びみょう》な順位なので、黙《だま》っていたほうがいいと思います」

司の隣《となり》で、冷静なツッコミが入る。発言の主は、クールビューティーとして、男女双方《そうほう》からの支持が高い、副会長の北川深雪だった。

「北川くん、変なことを言わないでくれ！　今までに悪行《あくぎょう》の限りを尽《つ》くしてきたのは、悩み部のほうだろう!?　我々生徒会は、今日ここで彼らに正義の鉄槌《てっつい》を下《くだ》すのだ！」

「鉄槌でも、金槌《かなづち》でもいいですから、静かにしてください。そろそろ始まりますよ」

「北川くん！」

司はなおも何かわめいていたが、深雪たち生徒会メンバーは慣《な》れっこなのか、適当にスルーしている。その様子《ようす》を遠目にながめていた小畑たち教師は、彼らからは見えないところで、こっそりため息をついた。

一方、左手のブースで、早押しボタンの前に並《なら》んだ悩み部の反応は、教師陣《じん》とは違う。今までのやりとりを何かのパフォーマンスと勘違《かんちが》いしているのか、要が笑顔で「すごいねー」と言いながら、手をたたいた。

「隆也、人気者だね。あんな熱烈《ねつれつ》な挑戦状《ちょうせんじょう》をたたきつけられるなんて」

「あら、ハイド、知らなかったの？　こう見えて、地蔵はもてるのよ。男子から」

「エリカ！　隆也くんをからかわないの！　ごめんね、隆也くん」

悩み部はいつものマイペースで、何を言われても、隆也の表情が動くこともない。

やがて、永和学園中の生徒や教師たちが見守る中、クイズ選手権の決勝が始まった。今まで脇《わき》に控《ひか》えていた学園長の朝倉が、くるぶしまであるロングスカートをひらめかせながら、体育館の中央《ちゅうおう》に進み出る。ざわめく生徒たちを見回し、朝倉は「ひなた」という名前が示すとおり、陽《ひ》だまりのように明るい笑《え》みを顔に浮かべて言った。

「生徒会も、悩み解決部の皆《みな》さんも、よくここまで頑張《がんば》りましたね。決勝戦では、私の出す問題に対して、早押しで答えてもらいます。先に15問正解したチームが、ロンドンでの交流合宿に参加します。それでは皆さん、よろしいですか？　私が出題するのは、皆さんがいかにこの永和学園を愛し、深く理解しているかを問う問題です」

「えぇーっ！　ふつうの知識問題じゃないの!?」

「これって悩み部、不利じゃない？」

生徒たちの間から、口々にリアクションが飛び出す。学園関係の問題と聞いて、司が「フッ、これは生徒会が勝ったな」と、早くも勝利宣言をする一方、悩み部のメンバーは動揺《どうよう》を隠《かく》しきれないのか、緊張した面持《おもも》ちで朝倉を見つめている。

皆の興奮《こうふん》が静まるのを待って、朝倉がゆっくり口を開いた。

「それでは、第一問。我《わ》が校《こう》の設立年は――」

ピコーン！　朝倉が最後まで言う前に、ボタンをたたく音が体育館に響いた。

「答えは１８９４年。和暦《われき》では、明治《めいじ》27年。日清《にっしん》戦争のあった年だ！」

胸を張《は》り、そう答えたのは司だった。その自信を揺《ゆ》るぎないものとするように、ピンポン、ピンポーンと、正解の合図《あいず》が鳴《な》りわたった。

「さすが生徒会長ですね。素早《すばや》い解答でした。それでは、第二問――」

それからも、朝倉は「永和学園の教師にまつわる問題」だとか、「今年の春の新人戦で、柔《じゅう》道部《どうぶ》は何位まで勝ち進んだか」とか、学校と深い関わりのある問題を次々に出してきた。

悩み部の中でボタンを押すことができたのは、美樹一人だった。だけど、まったく歯が立たない。美樹が１問答える間に、生徒会は３問答える。しかも、そのほとんどすべてに正解しているのだ。

２年から永和学園に編入してきた要は、最初から試合を放棄《ほうき》しているのか、終始《しゅうし》笑顔のまま、まるで他人事《ひとごと》のように対戦の成り行きを見守っているし、エリカは悔《くや》しくても答えがわからないのか、唇《くちびる》をキュッとかみしめ、生徒会チームを恨《うら》みがましげににらんでいる。無表情が特徴《とくちょう》の隆也ですら、今日はそこはかとなく険《けわ》しい顔つきをしているように感じられた。

こんなこと、初めてだ。いつも自信に満ちあふれている悩み部が、ここまで一方的にやられ続けるなんて。

ギャラリーの生徒たちは、想像もしなかった展開に言葉を失《うしな》い、教師たちも、驚《おどろ》きに目をみはっている。小畑も、最初こそ悩み部が負けることを願っていた。だが、いつも小憎《こにく》らしい生徒たちが、生徒会相手に手も足も、ついでに得意の口まで出せないでいる様《さま》を前にすると、なんだか、だんだんかわいそうに思えてきた。こんなの、自分が知っている悩み部ではない！彼らには、もっとふてぶてしいままでいてもらわなければ！

気づけば、小畑は自分の立場も忘れ、ほかのギャラリーたちと一緒に悩み部を応援《おうえん》していた。しかし、都合《つごう》のよい奇跡《きせき》が起きるはずもなく、生徒会が15点を先取して、決勝戦は終わった。

「やったな！　正義は勝つのだ！」

生徒会長の司が、鬼の首を取ったかのような表情で勝ち誇《ほこ》る。その横で、副会長の深雪が、小さなため息をこぼした。

「会長、勝利宣言は構《かま》いませんが、そういう子どもっぽい言い回しはやめてください……会長と一緒にロンドンに行くの、恥《は》ずかしいな」

「ん？　北川くん、何か言ったか？」

「いいえ、気のせいです」


その後、表彰式《ひょうしょうしき》を終え、生徒たちは各自の教室に戻《もど》って行った。悩み部の4人組も例外ではない。やはり決勝で負けたことが悔《くや》しかったのだろう。トボトボと歩く後《うし》ろ姿《すがた》は、どこかしょぼくれているように感じる。

プライドの高い彼らのことだ。このまま、そっとしておいてあげたほうが、いいのかもしれない。だけど、落ちこんでいる彼らをこのまま放っておくことはできなくて、小畑は小走りに近づいていって、話しかけた。

「今回は残念でしたね。せっかく決勝まで進めたのに……でも、あなたたちにとっては、いい教訓《きょうくん》になったのではありませんか？　試験で良い成績を取ることも大事ですが、学校や友人のことにも、もっと興味を持つべきでしたね。今回の敗北から得ることは、きっと多いはずです。だから、落ちこむ必要はありませんよ」

小畑としては精一杯《せいいっぱい》、慰《なぐさ》めの言葉をかけたつもりだった。が、返ってきた反応は、小畑の予想とだいぶ異なるものだった。

「残念？　教訓？　小畑先生、何をおっしゃってるんですか？」

エリカが不可解《ふかかい》そうな顔で、こちらを見る。小畑は首をかしげた。

「何って、優勝を逃《のが》したのですから、残念なものは残念でしょう？」

「そんなことありません。私たちは最初から優勝なんて狙《ねら》っていなかったので、これでいいんです」

「え？　でも……」

もしかして敗北を受け入れられずに、強がりを言っているのだろうか？

小畑はそう考えたが、その直後に、「相手は、一筋縄《ひとすじなわ》ではいかない悩み部だった」ということを、嫌《いや》というほど思い知らされた。

「小畑先生、クイズ選手権についての説明書類を読んでいないんですか？　準優勝《じゅんゆうしょう》のチームは、学校のお金で仙台《せんだい》に行けるんですよ？　ロンドンまで行って、堅苦《かたくる》しい交流合宿に参加させられるより、そっちのほうがはるかに気軽で、楽しそうじゃないですか」

「なっ……！　それじゃあ、まさか、決勝であなたたちが答えなかったのって……！」

悩み部の面々《めんめん》は、誰《だれ》一人として答えない。エリカは顔に意味ありげな笑《わら》いを浮《う》かべ、美樹はその隣で苦笑《くしょう》している。要の笑顔は、いつもよりキラキラ感が倍増《ばいぞう》している気がしたし、隆也も口の端《はし》がわずかにつり上がって見える。

間違いない。これはわざとだ！

彼らは問題に答えられなかったのではなく、答えなかっただけ。決勝戦で見せた焦燥《しょうそう》は、答えてはいけないことに対するイラ立ちだったのだろう。

唖然《あぜん》としている小畑に向け、エリカが笑顔で話しかける。

「先生は最近、忙《いそが》しくて旅行に出かけるヒマもないって、ぼやいていたじゃないですか。私たちが連れて行ってあげますよ、仙台に」

「余計《よけい》なお世話です！　それより決勝で負けて、顧問《こもん》の私に恥《はじ》をかかせるなんて！　バツとして、悩み部に１週間のトイレ掃除《そうじ》を命じます！　いいですね!?」

「ええー!?　そんな、横暴《おうぼう》な！」

「口答えは許しません！」

小畑の絶叫《ぜっきょう》と、エリカの悲鳴が、人気《ひとけ》の少なくなっていった体育館に響いた。

その翌日《よくじつ》になっても、小畑の機嫌《きげん》は直らなかった。２年生の学年会議の場で、ムッとしている自分を見て、飯田直子がプルプル震えているのがわかる。だけど、昨日、悩み部にあんな仕打ちをされたせいで不機嫌な自分のことを誰が責められよう、と小畑は思うのだった。

悩

［スケッチ］

金庫《きんこ》の中身《なかみ》

「将来《しょうらい》は、宇宙《うちゅう》にかかわる仕事がしたい」と、二階堂俊一《にかいどうしゅんいち》が最初に思ったのは、小学5年生のときだった。

俊一の父は会社を経営しており、長期の休暇《きゅうか》が取りづらかったため、家族で旅行に行くことはほとんどなかった。その父が、5年生の夏休みに、俊一と、双子《ふたご》の弟の太一《たいち》をキャンプに連れて行ってくれた。

川で遊び、林で虫取りをして疲《つか》れ果《は》てた俊一と太一は、その晩《ばん》、早々《そうそう》に寝袋《ねぶくろ》に入って寝た。だけど、さすがに夏でも山奥《やまおく》というべきか。日が落ちてから、急に冷えたのだろう。俊一は、夜中に太一に起こされた。寒くて目が覚《さ》め、トイレに行きたくなったけれど、一人で外に行くのは怖《こわ》かったらしい。太一は、勉強でも何でも、いつも困《こま》ったことがあると、こうして双子の兄である自分を頼《たよ》るのだ。

俊一は、「仕方《しかた》ないなぁ」とぼやきながら、寝ぼけまなこをこすって、太一と一緒《いっしょ》にテントの外に出た。真夜中《まよなか》なのに、あたりはぼんやりと明るい。街灯《がいとう》の明かりもないはずなのに、なぜだろう？　不思議《ふしぎ》に思って、顔を上げた。その瞬間《しゅんかん》、俊一は目を見張った。

無数の星が、信じられないほど近くでまたたいていた。それはまさに、手を伸《の》ばせば届きそうな光の洪水《こうずい》――だけど、決してつかむことのできない、悠久《ゆうきゅう》の輝《かがや》きだった。

どれくらいの間、その場に立ちつくしていただろう。星を見ているうちに、俊一は知りたくなった。この光はどこから来て、どこへ行くのか。この宇宙は、どうやって生まれたのか。

気づけば、弟の太一も隣《となり》で自分と同じように夜空をながめていた。星のまたたきをいつまでも見つめながら、俊一と太一は互《たが》いに夢《ゆめ》を抱《いだ》いた。将来《しょうらい》、太一は宇宙飛行士《うちゅうひこうし》になって、有人探《ゆうじんたん》査機《さき》で惑星《わくせい》探査に向かう。そして天文《てんもん》学者になった俊一が、太一の集めてきた資料を解析《かいせき》して、宇宙の起源《きげん》を探《さぐ》るのだ。

それから二人は図書館に通って、宇宙関連の本を読みあさるようになった。経営者の父は、「もっと現実的な仕事を目指せばいいのに……」とこぼしていたが、「しょせんは子どもの夢だ。すぐにあきるだろう」と思ったのか、自分たちのやることに口出しはしなかった。学校の友だちもみんな、自分たちの語る夢を単なる空想《くうそう》だと思って聞いていたらしい。だけど、俊一と太一は本気だった。

勉強が苦手《にがて》では、宇宙飛行士にも天文学者にもなれない。そう考えた二人は、真剣《しんけん》に勉強に取り組むようになった。特に、宇宙飛行士と天文学者に欠かせない、理科と英語の勉強には力を入れた。

そして中学校を卒業した二人は、永和学園《えいわがくえん》に入学した。二人の入学を一番に喜んでくれたのは、自身も永和学園の卒業生である、いとこの二階堂桔平《きっぺい》だった。桔平は大学生でありながら起業し、人工知能関連の会社を経営している。彼は、俊一たちが永和学園に入学したことで、大好きな母校の話をできる仲間《なかま》が増えて、嬉《うれ》しかったらしい。

俊一と太一の入学祝《いわ》いに、桔平は小さな金庫をそれぞれプレゼントしてくれた。クラシックなダイヤル式の金庫で、丸いダイヤル錠《じょう》の周《まわ》りには、0~99までの数字が刻《きざ》まれている。昔の映画で、泥棒《どろぼう》がこういったタイプの金庫相手に格闘《かくとう》している姿《すがた》を見たことがある。ダイヤルを正しい方向に回して、正しい数字に合わせなければ、開かないというやつだ。

それにしても、入学祝いに金庫を贈《おく》るなんて、聞いたことがない。桔平は何を考えているのだろう？　早く金庫いっぱいになるほどのお金を、自分たちで稼《かせ》げと言いたいのだろうか？

首をかしげる俊一と太一に向かって、桔平は愉快《ゆかい》そうに笑いながら告げた。

「この金庫の中には、お前たちの将来に役立つものが入ってるよ」

そんなことを言われて、中身が気にならない人はいない。俊一たちは、ワクワクとドキドキがない交《ま》ぜになった感情につき動かされるようにして、金庫を開《あ》けようとし——途中で、はたと気づいた。桔平は、肝心《かんじん》の開け方を教えてくれなかったのだ。暗証《あんしょう》番号がわからなければ、中を見られるはずがない。

「桔平くん、俺《おれ》たちをからかって遊んでんの？」

太一が不満げな声を上げる。桔平は気にせず、俊一たちの前に、2枚の紙を差し出してきた。それぞれの紙に書かれている内容に素早《すばや》く目を通す。俊一はますます意味がわからなくなった。

左に2回とか、右に3回といった指示はいい。問題は、それぞれの指示の下に記された質問だった。数学や物理の問題らしいが、一目見ただけで、中学を卒業したばかりの自分たちには解《と》けないとわかる。見たこともない記号や数式が、たくさん並《なら》んでいた。

「金庫を開けたければ、まずはそこに書かれている問題を全部解くんだな。各問題の答えは、金庫の解錠《かいじょう》に必要な数字の一つひとつに対応《たいおう》している。ちなみに、二人に渡《わた》したのは、それぞれ別の問題だから、太一は、いつもみたいに俊一の助けを期待できないぞ」

とまどう俊一と太一に向け、桔平は、こともなげに言ってのけた。しかも、最後にクギを刺《さ》すことも忘《わす》れない。太一は、桔平の言いぐさにムッとしたようだった。けれど、俊一は、こんなことを考える桔平に対して「あきれ」を通り越《こ》し、感心していた。さすが大学生で起業し、会社を経営しているだけのことはある。桔平は、一筋縄《ひとすじなわ》ではいかない男らしい。

「今に見てろよ、桔平くん！　俺は、この金庫を俊一より先に開けてやるからな！」

負けず嫌《ぎら》いな太一が、桔平の顔をビシッと指さし、宣言《せんげん》する。俊一も、弟に対する競争心《きょうそうしん》がなかったわけではない。しかし、今はワクワクする気持ちのほうが勝《まさ》っていた。

この金庫の中には、いったい何が入っているのだろう？　早く中身を知りたい。それは、大好きな宇宙の謎《なぞ》を探って、本を読むときの高揚感《こうようかん》にも似《に》ていた。

俊一は一日も早く金庫を開けたくて、受験が終わって最初の春休みを、勉強をして過ごした。永和学園に入学して天文部に入ったあとも、部活動がない日はいつも図書館にこもって、教科書や参考書と格闘《かくとう》した。

そして、数ヶ月が過ぎた日のこと。俊一がいつものように図書館で勉強していると、太一が突然《とつぜん》現《あらわ》れ、「金庫を開けたよ」と言ってきた。

俊一は、太一の告白が信じられなかった。太一は友だちに誘《さそ》われ、天文部と掛《か》け持ちでサッカー部にも入っている。朝練や放課後の練習がきついらしく、ろくに勉強していなかったはずなのに、なぜ自分より早く金庫を開けられたのだろう？

答えはすぐにわかった。太一は、自力で金庫を開けたわけではなかったのだ。

永和学園には、「悩《なや》み部《ぶ》」と呼《よ》ばれる同好会が存在《そんざい》する。その名の通り、教師たちにとって悩みの種となるような問題ばかり引き起こしている、問題児の集団だ。けれど、その頭脳《ずのう》は文句なしに優秀《ゆうしゅう》で、2年生の成績学年トップ3が悩み部に所属《しょぞく》しているという。

太一は、例《れい》の金庫を悩み部に持って行ったらしい。そうしたところ、すべての問題をその場で解いて、金庫を開けるのに必要な数字を教えてくれたという。ただ、せっかく金庫の中を見たというのに、話す太一の顔は、あまり嬉《うれ》しそうではなかった。プレゼントの内容が、期待外《きたいはず》れだったのだろうか？

俊一は疑問《ぎもん》に思って尋《たず》ねたが、太一は答えてくれなかった。「ま、お前は自分で開けてみれば」という捨《す》てゼリフを残し、太一は図書館をあとにした。

この一件以来、俊一はますます金庫の中身が気になるようになった。太一がもらっても嬉しくないのに、自分たちの将来に役立つものとは、本当に何なのだろう？

好奇心《こうきしん》は、いつでも最高の原動力になる。早く金庫を開けたい一心で、俊一は一生懸命《けんめい》に勉強を続け、1年生のうちに、大学入試に出てくる数学や物理、さらには化学の数式まで理解できるようになった。そして、その努力が実り、2年生になる前に、金庫の解錠《かいじょう》に必要なすべての数字をつき止めることができた。あとは、金庫の扉《とびら》を開けるだけだ。

せっかく心待ちにしていた瞬間なのに、太一や母親の邪魔《じゃま》が入っては悔《くや》しい。そう考えた俊一は、金庫を持って、家の近くの丘《おか》に来た。この丘は大きな公園の一部で、俊一は図書館の帰りに時々立ち寄っては、ここで星を見ていた。

俊一は丘の上のベンチに腰掛《こしか》け、金庫をひざの上に置いた。心臓《しんぞう》が今にも飛び出しそうなほどドキドキしている。俊一は深呼吸《しんこきゅう》を繰《く》り返《かえ》し、金庫のダイヤル錠を指で回した。

最初は左に2回の11。次に、右に3回の92。さらに、右に2回の26で、最後は左に3回の

87。カチッという音がして、指先にたしかな手応《てごた》えを感じた。

ついに開いた！

俊一は、緊張《きんちょう》と興奮《こうふん》に震《ふる》える手で金庫の扉を開け――中を見た瞬間、言葉を失った。扉の内側には、灰色《はいいろ》の空間が広がるだけ。金庫の中身は空《から》っぽだったのだ。

まさかそんな馬鹿《ばか》なこと、ありえない。俊一は金庫の中をよくよく見て、奥に手をつっこんだ。さらに金庫を反対にして、ブンブン振《ふ》ってみた。だけど、中から落ちてくるものはなかった。どう見ても、金庫の中には何も入っていなかった。

まさか桔平がプレゼントを入れ忘《わす》れたのだろうか？　いや、あのしっかり者の桔平に限って、そんなはずはない。

俊一はその場でスマホを取り出し、桔平に電話をかけた。桔平は、わずか2コールで電話に出た。

「あ、もしもし、桔平くん？　高校の入学式にもらった金庫を今、開けたんだけど……中に何も入ってなかったんだ。これって、どういうこと？」

挨拶《あいさつ》もそこそこにして、一気に核心《かくしん》に迫る。桔平は、急に金庫の話題を振《ふ》られて、面食《めんく》らったらしい。受話器の向こう側で、沈黙《ちんもく》が広がった。しかし、そのすぐあと、彼が意味ありげにクスッと笑う声が聞こえた。

「そっか、ついに開けられたか。俊一は、自分の力で金庫を開けたんだな？」

「うん。時間はかかったけど、頑張《がんば》って全問、自分で解いた」

「じゃあ、お前はもう受け取ってるよ。俺からのプレゼントを」

「え？」

何を言っているのか、意味がわからない。いぶかる俊一に向け、電話の向こうにいる桔平は、楽しそうに続けた。

「お前と違《ちが》って、太一は人に頼んで金庫を開けてもらったって聞いたよ。確実に問題を解ける人を見極《みきわ》め、仕事を任《まか》せるのも、経営者には必要な能力だ。それは、決して悪いことじゃない。だけど、あいつはそのせいで、俺からのプレゼントを受け取り損《そこ》なったな」

「ねぇ、さっきからプレゼントって言ってるけど、結局それって何だったの？　金庫の中には本当に何も入ってなかったんだけど……」

しびれを切らして尋《たず》ねる。俊一の問いに、桔平は年長者らしい落ち着いた声で答えた。

「俺からのプレゼントは、目に見えないものだよ。それは、金庫を開けるために鍛《きた》えた頭脳《ずのう》と忍耐《にんたい》、さらには未知のものに対する好奇心を失わずに持続させる力だ。そのどれ一つをとっても、天文学者として生きていくために必要な能力だと思わないか？　お前は、俺からのプレゼントで、そのすべてを手に入れたんだよ」

「…………………」

俊一は額《ひたい》を手で押《お》さえ、天を仰《あお》いだ。冬の空には濃紺《のうこん》の闇《やみ》が忍《しの》び寄《よ》り、宝石のように輝く星が顔をのぞかせ始めている。

桔平の答えに、俊一は一瞬ムッとした。だけど、いつもと同じ星空を見上げていたら、なんだかだんだんおかしくなってきて、しまいにはクスクスと笑いだした。

こんなトンチみたいなプレゼント、きっともう一生もらうことはないだろう。そう思うと、とても有意義《ゆういぎ》な体験をさせてもらった気にすらなってきた。

「俊一？　おーい、俊一！」

「うん、聞いてるよ。桔平くんには今度、お礼《れい》をしなきゃね」

笑いながらそう言って、俊一はスマホの通話を切った。

その後、永和学園を卒業した俊一は、渋《しぶ》る父親を説得し、本格的に天文学の道に進むことになった。そして大学院を修了《しゅうりょう》し、世界的に著名な天文学者になったあとも、俊一はその傍《かたわ》らに、いつも同じ金庫を置いていた。

人から「その金庫は何？」と聞かれるたび、俊一は「これは、僕《ぼく》を学者にしてくれた原動力だよ」と答えた。その答えに、人々はますます混乱《こんらん》したが、その様子《ようす》を見た俊一は、宇宙の深淵《しんえん》に似たミステリアスな笑みを顔に浮《う》かべるだけで、詳《くわ》しいことは一切教えなかった。

ケンカ

「美樹《みき》のわからず屋！　美樹なんて、もう親友じゃないわ！」

放課後の悩《なや》み解決部《かいけつぶ》の部室に、エリカの怒声《どせい》が響《ひび》く。今日、要《かなめ》はバスケ部の練習につき合うということで、部室に来ていない。美樹のほかには、こんなときでも、いつもと変わらず、読書に没頭《ぼっとう》している隆也《たかや》がいるだけだ。

毛を逆立《さかだ》てた猫《ねこ》みたいに、気が立っているエリカを前にして、美樹は一瞬《いっしゅん》ひるんだ。が、引かなかった。大またでエリカのもとに詰《つ》め寄《よ》る。反射《はんしゃ》的にあとずさったエリカの鼻先《はなさき》に、美樹はカバンから取り出した大判《おおばん》の本をつきつけて言った。

「怒《おこ》ってるのは、私のほうよ。エリカ、これは何？」

「何って、世界史の資料《しりょう》集だけど……」

とまどいがちに答えるエリカを見て、美樹は大きくうなずいた。

「そう。これは先週、私が風邪《かぜ》で休んでる間、エリカに貸《か》してあげた資料集だよね。私は今、このことですごく怒ってるの」

「なんで？『自由にロッカーから出して使っていいよ』って言ったのは、美樹じゃない」

「うん。だけど、貸した資料集に、『変な落書きをしていいよ』とは言ってないよね？」

「…………」

エリカが目をそらす。美樹は、開いて持っていたページに視線《しせん》を落とし、大きなため息をついた。

小畑花子《おばたはなこ》が教えている世界史の授業では今、18世紀中頃《なかごろ》のヨーロッパ――絶対王政《おうせい》の世界について勉強している。この時代のヨーロッパでは、神聖《しんせい》ローマ帝国《ていこく》をはじめ、フランス、イギリス、プロイセン、ロシアなどの大国が、戦争のたびに敵味方《てきみかた》を変えていた。世界史の資料集では、混乱《こんらん》しがちな国際関係をわかりやすく解説するため、同盟《どうめい》関係にある国の間には二重線が、敵対関係にある国の間には両方向の矢印が書かれていたのだが……。

「この矢印は何？　エリカ、歴史的にないはずの矢印を勝手に書きこんだでしょ⁉　そのせいで私、小畑先生にすごく叱《しか》られたんだから！」

美樹は今日、授業で小畑に「七年戦争における、神聖ローマ帝国とイギリスの関係は？」という質問をされ、「味方だけど、互《たが》いに相手の背中《せなか》を狙《ねら》う間柄《あいだがら》」という変な解答をしてしまった。資料集を見たら、神聖ローマ帝国とイギリスの間に、同盟関係と敵対関係を示す矢印の両方が書きこまれていたからだ。本当は、この両国はただの敵対関係でよかったのに。

「エリカがトラップの線を書いたせいで、すごい恥《はじ》をかいたんだから！　謝《あやま》ってよね！」

エリカの鼻先で資料集を勢《いきお》いよく閉《と》じ、にらみつける。しかし、エリカは謝らなかった。

「そんな細かいことで、いちいち怒らないでよ！　こんなの、ノリでしょ？」

「ノリ？　小学生みたいなイタズラをすることが？」

「だって、世界史マニアの正木《まさき》くんが資料集をのぞきこんできて、『ここに同盟関係があったら、世界の歴史は変わってたかもね』なんて言うのよ？　そんなこと言われたら、気になっちゃうじゃない！　美樹だって、あの場にいたら、絶対に線を書きこんでたわよ！」

「私はやんないよ！　なんでエリカは、いつもそんなに自由なの!?　そのせいで、いつも振《ふ》り回される私の身にもなってよ！」

「自由？　私のどこが？　美樹もたまには私の立場になって、部長の重責《じゅうせき》と戦ってみればいいわ！　無駄《むだ》に個性的なメンバーをまとめるために、私がどれだけ自分の自由を犠牲《ぎせい》にしてると思ってんの？」

「エリカのせいで、いつも我慢《がまん》を強《し》いられてるのは、私のほうだよ！　もう、やってらんない！　エリカとは絶交よ！　私、悩み解決部も今日で辞《や》めるから！」

「好きにすれば？　こっちこそ、うるさい小姑《こじゅうと》がいなくなって、清々《せいせい》するわ！」

互いにプイッと横を向いて、口を閉《と》ざす。

深い沈黙《ちんもく》が部屋を満たした。廊下《ろうか》を通る生徒《せいと》たちの声も、外の音も何も聞こえない。しんと静まりかえった空間の中にあって、そのとき不意に、「ヒック！」という奇妙《きみょう》な音が聞こえた。

空気を読まないその音に、美樹はたまらずプッと吹《ふ》き出してしまった。

「美樹！」

エリカが非難《ひなん》がましい声を上げる。だけど、もう限界《げんかい》だった。

「ごめん、エリカ。もうこれ以上は無理だよ。隆也くんったら、何を言っても、ちっとも驚《おどろ》いてくれないんだもん」

部屋の隅《すみ》に目をやる。そこでは、相《あい》も変《か》わらず隆也が無言《むごん》で読書を続けている。ただ、今日はいつもと違《ちが》って、しゃっくりが止まらないのか、表情一つ変えないまま、数秒おきに上がる「ヒック」という音とともに、その肩《かた》がピクッピクッと跳《は》ね上《あ》がっている。

隆也のしゃっくりはびっくりするほど大きく、美樹たちが部室に来たとき、外の廊下《ろうか》までその音が聞こえていた。そこで、美樹とエリカは隆也を驚かして、しゃっくりを止めてあげようとしたのだが……目の前で自分たちがケンカをしても、隆也は「ヒック」という音を連発しながら、涼《すず》しい顔で読書を続けていた。

「もう、地蔵《じぞう》！　あなたって、本当に人間らしいところが微塵《みじん》もないのね！　私と美樹がケンカした上に、美樹は『悩み解決部を辞める』とまで言ったのよ！　少しは驚いたり、動揺《どうよう》したりしなさいよ！」

エリカが隆也に八《や》つ当《あ》たりをして、目の前の机《つくえ》にドンッと手をつく。だけど、隆也は眉《まゆ》一つ動かさずに読書を続けている。

「ちょっと！　ノーリアクションはないんじゃない!?　せめて、あなたのしゃっくりを止めるために頑張《がんば》った私たちの演技《えんぎ》に、お礼《れい》くらい言ってよ！」

「礼？」

エリカに詰《つ》め寄《よ》られ、隆也が初めて顔を上げる。彼は、「ヒック」というしゃっくりの音とともに、かけていたメガネを指先でクイッと持ち上げ、口を開いた。

「どちらかといえば、礼を言われるのは俺のほうだと思うが。ふだんから言いたいことを腹《はら》の中にためこみがちな相田《あいだ》美樹のために、こうして感情を吐露《とろ》する場を設《もう》けてやったのだからな」

「どういうこと？　今のは、すべて演技だって言ったでしょ？　ね、美樹！　まさかあそこで資料集のアドリブを入れてくるとは思わなかったから、びっくりしたけど、ハリウッド女優《じょゆう》並《な》みの迫真《はくしん》の演技だったわ。美樹、演技がうまいのね」

「本当か？　お前は、あれが本当にすべて演技だったと言い切れるのか？」

「え？」

隆也の予想外のツッコミに、エリカが目をパチクリさせる。

エリカが後ろを向く。目が合った美樹は何も言わず、要のようにニコニコ笑っていた。それだけで、意味は十分に伝わったらしい。

エリカの頬《ほお》を一筋《ひとすじ》の汗《あせ》が流れ落ちる。彼女は「えーと……」とつぶやきながら、目を泳がせまくった末、美樹に向かって、深々《ふかぶか》と頭を下げた。

「ごめんなさい。美樹の資料集に、勝手に落書きをして悪かったわ」

「うん、わかってくれればいいの」

エリカが素直に謝ってくれたことで、美樹は、彼女《かのじょ》がやったことを心から許した。同時に、お互《たが》いの思いをぶつけ合う場として、たまにこういう小さなケンカをするのはアリかもしれないと思った。が、そう感じたことは、エリカには内緒《ないしょ》だ。

NAYAMIBU BOARD

[スケッチ]

この荒廃《こうはい》した世界で

今、人類は滅亡《めつぼう》の危機《きき》に瀕《ひん》している。

ことの発端《ほったん》は、エジプトの「王家《おうけ》の谷《たに》」で、新しいファラオの墓《はか》が発掘《はっくつ》されたことだった。未盗掘《みとうくつ》の王墓《おうぼ》を見つけた考古《こうこ》学者たちは、喜び勇《いさ》んで調査に乗り出し——１年後、全員が病《やまい》で死んだ。

最初、マスコミは、この事件を「ファラオの呪《のろ》い」として取り上げ、冗談《じょうだん》交《ま》じりに報《ほう》じたが、しだいにおもしろがってもいられなくなった。考古学者たちの死因《しいん》が、未知《みち》のウィルスによるものだと判明したからだ。

考古学者たちが飛行機に乗って自分たちの国に帰ると同時に、彼らをむしばんだウィルスも世界中に広がった。ＷＨＯはこの事態《じたい》を重く見て、すぐさま緊急事態宣言《きんきゅうじたいせんげん》を出し、各国政府に警戒《けいかい》を呼《よ》びかけた。しかし、手遅《ておく》れだった。

このウィルスの感染力《かんせんりょく》は強力で、空気感染することがわかった。また、その致死率《ちしりつ》は限《かぎ》りなく100%《パーセント》に近く、過去《かこ》に猛威《もうい》をふるったエボラ出血熱《しゅっけつねつ》が、「軽い風邪《かぜ》に思える」と言われるほどだった。

しかも、この病気は、感染者にひどい精神的錯乱《せいしんてきさくらん》と幻聴《げんちょう》・幻覚《げんかく》を生じさせた。発症《はっしょう》して高熱が続く中、感染者は、自分が化《ば》け物《もの》に襲《おそ》われているような錯覚に陥《おちい》るらしい。その結果、彼らは自分たちの身を守るために凶暴《きょうぼう》化し、他人《たにん》を攻撃《こうげき》するようになった。この病気を発症したら最後、6ヵ月近くかけて全身の筋肉《きんにく》が硬直《こうちょく》していき、最後に心臓《しんぞう》が止まるまで、感染者は人を襲い続けるのだ。

今までに類《るい》を見ない病気の出現に、世界は恐慌《きょうこう》状態に陥《おちい》った。ワクチンの早期開発が望まれたが、研究は遅々《ちち》として進まなかった。なぜなら、この病気に感染し、凶暴化した研究者たちが、自らの手で研究施設《しせつ》を破壊《はかい》するといったアクシデントが続いたからだ。

その存在《そんざい》が確認《かくにん》されてからわずか10年で、人類の人口は100分の1にまで減少し、ウィルスに感染していない人々は、地下シェルターの中で、感染者の群れから隠れて暮《く》らすようになった。すぐ隣《となり》の人間がいつ病気を発症し、自分に襲いかかってくるかわからない。背筋《せすじ》の凍《こお》りつくような恐怖《きょうふ》と隣合《となりあ》わせの毎日が、人々を待ち受けていた。

地上には、破壊された高層《こうそう》ビルや家屋《かおく》など、かつて栄華《えいが》を誇《ほこ》った文明の残骸《ざんがい》のみが留《とど》まっている。人類は、太陽の下で暮らすことをあきらめたのだろうか？　いや、そうではない。彼らは再び地上に出られる日を切望していた。


つい先日、25歳《さい》の誕生日《たんじょうび》を迎《むか》えた相田裕太《あいだゆうた》はその日、１ヵ月ぶりの太陽光を浴《あ》びて、大きくのびをした。

深呼吸《しんこきゅう》をしても、呼吸マスク越《ご》しの空気しか吸《す》えないのが残念だったけれど、空気中にウィルスがただよっているリスクを考えれば、仕方のないことだった。自分はこんなところで死ぬわけにはいかないし、誰《だれ》かを襲うようなマネもしたくなかったから。

今や全世界に広がっているこの病気は、裕太が中学生のときに発生した。裕太は、政府が未成年者に優先的《ゆうせん》に配ってくれた呼吸マスクのおかげで感染を免《まぬが》れたが、姉と両親をこの病気で失った。それは、地下シェルターへの避難《ひなん》が決まった直後のことだった。

それまで、ことあるごとに「凶暴女《きょうぼうおんな》」とからかっていた姉が実際に凶暴化したとき、裕太は声を上げて泣《な》いた。その後、全身の筋肉が硬直《こうちょく》して動けなくなった姉は、呼吸マスクをつけた裕太の腕《うで》の中で息を引き取った。最期《さいご》には穏《おだ》やかな顔をしていたことが、唯一《ゆいいつ》の救いだった。腕の中でしだいに熱を失っていく体《からだ》の感覚は、きっと一生忘《わす》れられない。

あんなつらい思い、二度としたくない。大切な人を二度と失いたくない。だから、裕太はウィルスから逃《に》げるのではなく、ウィルスと戦う道を選んだ。成人すると同時に、日本最大手の製《せい》薬《やく》会社である藤堂《とうどう》製薬に入社し、ワクチンの開発に人生を捧《ささ》げることにしたのだ。

「おい、裕太、行くぞ。もう時間だ」

後ろから声をかけられ、裕太は振《ふ》り返《かえ》った。それが誰《だれ》かは、呼吸マスク越《ご》しでもすぐにわかった。そこにいたのは小学校からの親友で、ともに藤堂製薬に入社した小倉剛《おぐらたけし》だった。剛の後ろには、同じように呼吸マスクをつけた仲間たちが10人ほどいる。

今日は地上調査の日。外の様子《ようす》がどうなっているかを探《さぐ》るため、裕太たち有志《ゆうし》は、こうして一ヶ月ぶりに地下シェルターから出てきたのだ。

裕太たちが担当《たんとう》することになったのは、東京駅を中心としたエリアだった。かつて東京駅には何十本もの路線が乗り入れ、一日あたりの乗降客数《じょうこうきゃくすう》は50万人に達するとも言われていた。それが、今ではどうだろう？　誰もいない空間で、一番大きな顔をしているのはドブネズミたちだ。かつて駅弁《えきべん》を売っていた売店は、ショーウィンドウのガラスが砕《くだ》かれ、線路の上には大小様々な石が落ちている。

たった10年だ。10年前には、家族で駅弁を買って新幹線に乗り、ここから楽しい旅行に出かけていたというのに……！

記憶《きおく》の中の駅を思い出し、泣きそうになる。そんな裕太の耳に、隣《となり》を歩いていた剛が、「やっぱり人はどこにもいねぇな」と、安堵《あんど》と落胆《らくたん》の混じった声でつぶやくのが聞こえた。

今、地上で人に会うことがあるとしたら、その人間は、ほぼ100％の確率で病に冒《おか》されている。しかし、それでも人に会いたいと願《ねが》ってしまうのは、なぜだろう？　まだ人が昔みたいに暮らしている場所がある——そんな幻想《げんそう》を捨《す》てきれずにいるのだろうか。

「次は、駅の地下部分を確認するぞ。みんな、懐中電灯《かいちゅうでんとう》をつけるんだ」

チームリーダーの命令で、物思いにふけっていた裕太は意識を現実に引き戻《もど》された。皆《みな》で一列に並《なら》んで、地下へ続く階段《かいだん》をゆっくり下りていく。夏でもひんやりとした空気の中、コツ、コツという足音だけが、いやに大きく響《ひび》いて聞こえた。

そのときだった。先頭を歩いていたリーダーが、突然《とつぜん》真横《まよこ》に吹《ふ》っ飛んだ。

「リーダー!? どうしたんですか!?」

誰かの懐中電灯が、リーダーが飛んで行った先をあわてて照らす。リーダーの太い首にからみつく、生白《なまじろ》い手が見えた。その瞬間、裕太はすべてを理解した。

感染者だ！ 感染者が、近くの廃墟《はいきょ》に潜伏《せんぷく》していたのだ。

裕太はリーダーのもとに駆《か》け寄《よ》ろうとした。が、できなかった。いったい今までどこに隠《かく》れていたのか、周囲は感染者の群れで満たされていたのだ。

足がすくみ、動けなくなった裕太の髪《かみ》を、襲《おそ》いかかってきた感染者がつかもうとする。その指先が、口元を覆《おお》っているマスクに触《ふ》れた。

まずい！ ここでマスクを奪《うば》われたら、感染してしまう！

裕太は覚悟《かくご》し、息を止めた。しかし、マスクが外されることはなかった。代わりに、耳元で何かをえぐるような鈍《にぶ》い音が上がり、体が自由になった。

「裕太、平気か!?」

小学生のときから変わらない、その強い腕《うで》っ節《ぶし》で、剛が自分にまとわりついていた感染者を殴《なぐ》り飛《と》ばしてくれたのだ。裕太は胸《むね》をなで下ろし、大きく息を吸った。だが、安堵《あんど》する間もなく、感染者の一人が剛の背中に飛びつくのが見えた。その手が、剛のマスクを奪《うば》おうとする。

裕太は感染者を剛からはがそうとした。しかし、次から次に現れるほかの感染者たちに邪魔《じゃま》をされ、伸《の》ばした手は友のもとまで届かない。

「裕太……逃げろ！　お前は生きるんだ……！」

剛が息も絶《た》え絶《だ》えに叫《さけ》ぶ。裕太は周《まわ》りに助力を請《こ》おうとした。だが、みんな感染者への応戦に必死で、他人を助けている余裕なんてない。絶望的な状況《じょうきょう》下で、裕太は泣きそうになりながら、すべてを悟《さと》ったような親友の目を見つめ――後ろを振《ふ》り返らずに走りだした。

逃《に》げるためではない。近くのシェルターへ助けを求めに行くのだ。姉と両親に続き、親友まで失いたくなかった。

ここからなら、永田町《ながたちょう》の地下研究所が一番近い。かつて政治の中心地であった永田町の地下には、緊急時《きんきゅうじ》に備《そな》え、10年前に地下シェルターが設置された。それが今、研究所として使われているのだ。

裕太は感染者の群れを振《ふ》り払《はら》い、かつて地下鉄が走っていた地下トンネルを全速力で駆《か》け抜《ぬ》け——さらなる深部へと続く階段《かいだん》の入口に、「アドヴァン製薬会社」と書かれている標識《ひょうしき》を見つけて、ようやく立ち止まった。この先に、アドヴァン製薬会社の所有している地下研究所がある。裕太が所属している藤堂製薬のライバル会社だが、今はそんなことを言っている場合ではない。上がった呼吸《こきゅう》はそのまま、裕太は暗い階段を下りていった。

一分もしないうちに、目の前に頑丈《がんじょう》そうな扉《とびら》が現れた。その横にはインターホンがついている。裕太はためらうことなくインターホンを押《お》した。すると、横についていたモニター画面に、男の顔が現われた。その青い瞳《ひとみ》と金色の髪は、彼が外国人であることを示している。

少し驚《おどろ》いたが、アドヴァン製薬会社はアメリカの会社だから、外国人研究員がいたところで不思議はない。裕太は、研究員に扉の解錠《かいじょう》を求めようとした。そのとき、何かひんやりとしたものが首筋《くびすじ》に触《ふ》れるのを感じた。地下水が落ちてきたのかと思って、手で振り払おうとする。その指先をガッと強くつかまれた。モニターの中の研究員の顔が引きつって見える。

背筋《せすじ》に戦慄《せんりつ》が走った。耳元で聞こえる荒《あら》い息遣《いきづか》いと、力強い腕の感覚——追いついてきた感染者が、裕太の首に後ろから手を回していた。

裕太はとっさに感染者をはねのけようとした。だが、その細い体のどこにそんな力が眠《ねむ》っていたのか、自分を締《し》めつける腕は、もがけばもがくほど、さらに力を増していく。このままでは呼吸マスクをつけていても関係ない。窒息死《ちっそくし》してしまう!

大好きな人たちの顔が、裕太の脳裏《のうり》を走馬燈《そうまとう》のようによぎっていった。優《やさ》しかったお父さんとお母さん。口うるさいけど、いつも自分の心配をしてくれていた姉の美樹《みき》。そして、親友の剛! 剛を見殺しにすることなんてできない。自分は助けを連れ、剛のもとに帰るのだ!

決意を秘《ひ》め、奥歯《おくば》を食いしばる。次の瞬間《しゅんかん》、全力で飛び跳《は》ねた裕太の頭が、感染者のあごにぶつかった。感染者の腕が体から離《はな》れる。裕太はこのスキを見逃さなかった。「Yuuta Aida」と書かれている社員証《しょう》をインターホンのモニター越《ご》しに掲《かか》げて中の外国人研究員に見せ、叫《さけ》ぶ。

「Open the door!」

恐怖《きょうふ》に目を見開いていた研究員が我《われ》に返り、ツバを飛ばしながら早口で叫ぶ。

「Use the panel on the right wall. Press the PIN number, 4, 6, 4, 3, 2, 8, 5, and press “Enter”. Then a handle would appear from inside of the wall. Rotate the handle to the right twice, and the door will open!」

「え、何!?　ここは日本なんだから、日本語で話してよ!!」

必死に頼む。研究員は、再び口を開き——そのまま動きを止めた。彼の視線は自分を超《こ》え、さらにその後ろを凝視《ぎょうし》している。

裕太は背後《はいご》を見ようとした。その瞬間、鋭《するど》い衝撃《しょうげき》が後頭部《こうとうぶ》を襲《おそ》った。世界がぐらんぐらん回っている気がして、立っていられない。まるで映画《えいが》のようなスローモーションで体が傾《かたむ》き、倒《たお》れていく。その視界《しかい》の隅《すみ》で、裕太は見た。感染者特有の、筋肉を引きつらせた顔が自分を見下ろしているのを。先ほど頭《ず》つきで倒したと思った感染者が、再び自分を襲《おそ》ったのだ。

薄れゆく意識の中で、裕太の唇《くちびる》がかすかに動く。

「世界を救うため、ワクチンの研究に人生を捧《ささ》げたのに……僕《ぼく》、こんなとこで死ぬの？」

薄暗く冷たい地下空間の中で、その最期《さいご》の言葉を聞いた者はいなかった。

「——相田裕太、これがお前の人生だ。お前は、得意な理科の能力を伸《の》ばして研究者になることはできる。だが、簡単《かんたん》な英語すら理解できないせいで、非業《ひごう》の死を遂《と》げることになるのだ」

姉の友人である隆也《たかや》に淡々《たんたん》とした口調《くちょう》で説明され、小学校４年生の裕太は、グッと言葉《ことば》に詰《つ》まった。悲惨《ひさん》な結末のせいで、怪談話《かいだんばなし》を聞いたあとのような、嫌《いや》な後味《あとあじ》を覚える。

今、裕太がいるのは、荒廃《こうはい》した未来の世界ではない。左右を見回せば、姉の美樹《みき》に加え、その友だちのエリカと要《かなめ》までいる。姉たち４人は、夏休みの課題である英語のレポートを一緒にやるため、裕太の家のリビングに集まったのだ。

苦労して英語に取り組む姉を見て、裕太が「日本人なんだから、英語なんて勉強しなくていいのに。僕《ぼく》は将来《しょうらい》、科学者になるんだから、英語はやらないよ」とうそぶいていたところ、隆也が披露《ひろう》したのが、先ほどの物語だった。

「地蔵《じぞう》の兄ちゃんの言いたいことは、よくわかったよ。だけどさぁ……」

英語の必要性は理解できた。しかし、それでも素直《すなお》にうなずくことができずにごねていると、姉の美樹が横から「あのー」と、ためらいがちに話しかけてきた。

「隆也くんの主張は明確《めいかく》だし、話もおもしろかったわ。だけど、作り話とはいえ、私のことを勝手に殺さないでくれる？　それに、裕太！　隆也くんの前で、私のことを『凶暴女』って呼《よ》んでるの!?　どういうわけ!?」

姉ににらまれ、裕太はとっさに目をそらした。だが、その視線の先でも、安心を得ることはできなかった。

「裕太も地蔵も、いい加減にしてよね！　特に地蔵！　うちの会社について、変な設定を作らないでちょうだい！」

姉に続き、文句を言ったのは、藤堂製薬の社長令嬢《れいじょう》であるエリカだった。

「英語を話せない人間なんて、うちの会社は採用《さいよう》しないから！　うちは、裕太みたいな成績の子が入れる会社じゃないのよ！」

「エリカ姉《ねえ》ちゃん、さりげなくひどい……」

「まぁまぁ、裕太、落ちこむなって。なんなら、俺《おれ》が英語を教えてあげようか？」

しょんぼりうなだれた裕太に、向かいから優《やさ》しい声がかかる。そう言ったのは、アメリカからの帰国子女である要だった。

「要兄《にい》ちゃん……！　ありがとう！　要兄ちゃんだけは、僕の味方だよね！」

すがるような目で要を見上げる。そんな裕太の顔を見返し、要はニッコリ笑いながら続けた。

「じゃあ、まずは一番大切な英会話のフレーズから練習しようっか。俺のあとに続けて言って。

I love you.——はいっ！」

「…………………………」

さすがの裕太だって、今の英語は聞き取れた。その上で、からかわれていることにも気がついた。周《まわ》りを見ると、姉とエリカは肩《かた》を震《ふる》わせ、笑《わら》っている。

裕太はこみ上げてきた不満を飲みこみ、小さなため息とともにつぶやいた。

「僕、自分の部屋に戻《もど》るよ……」

「そう。裕太にも、これで英語の大切さがわかったわね。今日もいいことをしたわ！」

エリカが満足そうに言う。その向かいで、隆也がやれやれと肩をすくめた。

「藤堂エリカ、お前は相田裕太のどこをどう見て、そういう結《けつ》論《ろん》に至《いた》った？　英語以前に、お前は状況《じょうきょう》を読む能力を身につけたほうがいいのではないか？」

「あら地蔵、何か言った？　よく聞き取れなかったわ」

無表情でツッコミを入れる隆也に向かって、エリカがすました顔で答える。その様子に美樹は苦笑し、要は楽しそうにニコニコ笑っている。そこにはいつもと同じ、限りなく平和な光景が広がっていた。

- 麻希一樹

現在、大学の研究室所属。心理学専攻。自称「アクティブな引きこもり」。ふだんは、ラボにこもって実験と人間観察にいそしむ。一方、休暇中はバックパッカーとして、サハラ砂漠などの秘境探検に出かける。
Twitter:@MakiKazuki1
公式HP:http://www.makikazuki.com/

- usi

静岡県出身。書籍の装画を中心にイラストレーターとして活動。グラフィックデザインやwebデザインも行う。

「悩み部」の平和と、その限界。

2017年2月7日　第1刷発行
2017年4月18日　第2刷発行

著者	麻希一樹、usi
発行人	川田夏子
編集人	川田夏子
企画・編集	目黒哲也
発行所	株式会社 学研プラス
	〒141-8415 東京都品川区西五反田2-11-8
印刷所	中央精版印刷株式会社
DTP	株式会社 四国写研

● お客様へ
【この本に関する各種お問い合わせ先】
〈電話の場合〉
○ 編集内容については ☎03-6431-1465(編集部直通)
○ 在庫・不良品(乱丁・落丁など)については ☎03-6431-1197(販売部直通)
〈文書の場合〉
〒141-8418　東京都品川区西五反田2-11-8
学研お客様センター『「悩み部」の平和と、その限界。』係
○ この本以外の学研商品に関するお問い合わせは下記まで
☎03-6431-1002(学研お客様センター)